La formule du désir

Lucy Vincent

La formule du désir

ROMAN

Albin Michel

As some strict down-looked men pretend to fast,
Who yet in closets eat;
So lovers who profess they spirits taste,
Feed yet on grosser meat;
I know they boast they souls to souls convey,
Howe'r they meet, the body is the way.

William CARTWRIGHT (1611-1643)
No Platonic Love

Comme certains hommes sévères disent jeûner
Mais continuent en secret de manger;
Ainsi des amants qui prétendent goûter l'esprit,
D'une viande plus charnelle se nourrissent;
Ils vantent leur seule correspondance d'âme à âme,
Mais pour toute rencontre, le corps est le seul chemin.

William CARTWRIGHT (1611-1643)
« Pas d'amour platonique »

1

Comment emmener son destin là où on veut aller

On m'avait organisé un pot de départ, avec des banderoles « CE N'EST QU'UN AU REVOIR » et des cadeaux qui étaient censés refléter les préoccupations de ma future vie parisienne : *Le sexe pour les nuls* et un pot artisanal du genre cosmétique libellé POILE-TOI. Le jeu de mots était accidentel même s'ils avaient voulu faire de l'humour : pour les Américains toute femme française se caractérise par une pilosité abondante, en particulier sous les bras, et le pot était illustré d'un magnifique dessin me montrant copieusement poilue avec des gouttes de sueur qui tombaient de mes poils attirant une meute d'hommes. Ils me poursuivaient tout autour du pot avec des bulles de dialogue comme dans les bandes dessinées : « *Lisa, oh Lisa, reviens-nous !* »

C'était très osé pour mes compatriotes, mais ils devaient trouver que l'infraction au politiquement correct était justifiée par toutes les connotations scientifiques qui venaient rehausser la plaisanterie sur les Françaises. Je travaillais depuis dix ans dans ce laboratoire qui avait été le premier à poser la thèse d'un mécanisme biologique dans le cerveau expliquant l'attachement entre deux individus (ce qu'on appelle l'amour, si on est entre humains). Ma spécialité (scientifique) était la lecture de l'autre par les odeurs et les phéromones, or il se trouve que ces molécules sont sécrétées en abondance dans la transpiration portée par les poils sous-axiaux.

Dix ans de travail dans ce laboratoire avaient coloré (parfumé ?) ma lecture des histoires d'amour, et quand je suis tombée amoureuse d'un Français, je n'ai pas pu m'empêcher d'analyser le phénomène, tout en subissant ses effets de plein fouet.

J'adore la France depuis toujours – j'ai eu mon premier cours de français à l'âge de sept ans (« pollivous fronçais » ?), fascinée d'abord par l'étrangeté de la langue, puis par cette aura de bon goût, de savoir-vivre et de chic que les Américains associent à tout ce qui est français. Pour être tout à fait honnête, et en même temps pour confirmer l'un des principes qui ressortissent à nos études, il est fort probable que n'importe quel homme français avec deux bras, deux jambes et un semblant d'intelligence aurait suffi pour me rendre folle d'amour, tellement j'étais conditionnée à aimer tout ce qui est associé à la vie en France. Le premier qui a eu l'imprudence de s'avancer jusqu'à Atlanta en Géorgie, un certain David Ringer, a été en plus une proie particulièrement vulnérable, désorienté par le jet-lag et le chardonnay californien ; je l'ai attrapé avec le filet féminin de base tissé d'alcool, de talons hauts et de sexe facile.

En fait, les gens ne veulent pas reconnaître ce deuxième principe qui ressortit aussi à des études savantes sur l'amour (utilisation du sexe pour fidéliser le partenaire) car ils pensent que l'amour est dans la tête et le sexe entre les jambes. Sait-on que chez beaucoup de mammifères, la première copulation est décisive ? Cet acte qui se fait au hasard des rencontres entre deux animaux normalement constitués (deux bras, deux pattes…) peut les lier pour la vie. Deux campagnols des plaines qui copulent se condamnent mutuellement et instantanément à la fidélité conjugale. Chez les moutons on va encore plus loin en provoquant l'attachement par une stimulation vaginale artificielle. Sans vouloir *campagnoliser* l'espèce humaine, nous savons néanmoins que l'acte sexuel fait couler l'hormone de l'amour par excellence, l'ocytocine, dans les veines et les neurones des deux partenaires, et rien ne réussit mieux à créer des liens entre deux individus. Cet été-là, on a donc épuisé nos stocks d'ocytocine et le résultat fut en tout point conforme aux prédictions biologiques : on ne pouvait plus se passer l'un de l'autre.

Certains ont du mal à adhérer à cette approche analytique de l'amour, l'assimilant à du cynisme. Il n'empêche que les faits sont là, et surtout ne croyez pas que j'avais calculé mon coup : je suis tombée amoureuse aussi bêtement que n'importe quelle autre fille de mon âge, sauf qu'en ce qui me concerne je sais pourquoi cet accent français et cette façon de déguster un repas en cinq étapes ont excité chez moi un si fort désir de rapprochement. Si j'avais été un peu plus calculatrice, j'aurais su intégrer ma deuxième passion dans le choix du partenaire : mes recherches sur la biologie de l'attachement. Le sujet a démarré dans des labos américains. En France, je serais un peu isolée au début. Mais pour l'heure l'optimisme et l'amour faisaient leur travail insidieux sur mon cortex préfrontal, au point que je ne voyais aucun obstacle au déroulement de mes histoires parallèles d'amour et de carrière.

Ce que j'aimais en lui ? Impossible à dire ! Quand on trouve dans une paire de bras le refuge ultime, que la moindre manifestation bienveillante de l'aimé vous donne un sentiment de reconnaissance joyeuse, que vous retrouvez au fond de ses yeux la réplique de vos propres émotions, que son odeur est votre parfum préféré et son sourire la réparation de tous vos traumatismes de jeunesse, vous ne vous embarrassez pas de questions. Mes parents, en revanche, étaient très réservés quant à son droit d'enlever leur fille pour l'emmener dans un pays aux mœurs étranges, éloigné de six heures de vol et dont ils ne parlaient pas la langue. Ils imaginaient déjà des petits-enfants en béret qui mépriseraient leur *clam chowder*, et une vieillesse misérable, entourée d'une famille d'étrangers. Ils ont essayé de convaincre l'Amour de devenir raisonnable, de venir s'installer dans « *the land of opportunity* » et de profiter des réseaux et des largesses de leur maturité, mais l'Amour n'a pas lâché un iota de son caprice, gardant son appétit pour l'inconnu et son mépris pour la sécurité. Ils n'avaient aucune chance de nous empêcher de partir, pour la simple raison qu'une envie irrésistible de goûter à « La Vie Française » me tenaillait. Toutes les forces du destin me semblaient réunies pour m'y emmener.

Il me restait toutefois une dernière haie à franchir : le patron de mon labo avait un regard expérimenté sur ma situation, et il m'a convoquée dans son bureau, non pour me féliciter mais pour me rappeler que la passion amoureuse est livrée gratuitement, certes, mais avec une date de péremption.

– Je sais que je perds mon temps à vouloir te mettre en garde, Lisa, tu es sous influence, tu restes persuadée que ton histoire d'amour durera toujours, et dans la joie et l'allégresse.

– Ne vous inquiétez pas, Patron, j'ai un plan.

– Ah oui ? Devenir plus intelligente que tes neurones ?

– J'espère que je saurai au moins les manipuler à bon escient.

– Ah ! ça te ressemble. Ta vie amoureuse comme champ d'expérience. Mais ce n'est pas parce qu'on comprend les mécanismes de l'amour qu'on peut les contrôler. On reste vulnérable à ses sentiments, Lisa, que l'on sache ou non ce qui les provoque. Et tu pourrais bien découvrir que c'est ton histoire d'amour qui te manipule et non l'inverse.

Sur cette phrase sibylline, il m'a embrassée à la mode américaine, avec un « hug » en guise de bénédiction. Trois jours plus tard j'étais dans l'avion, en route vers l'aventure de ma vie.

Mon premier rendez-vous à Paris a conforté mes attentes d'exotisme : le chef de mon laboratoire d'accueil, un neurobiologiste de renom, m'a invitée à déjeuner en précisant que le rendez-vous prendrait deux heures et demie. Devant mon étonnement on m'a expliqué que déjeuner en moins de temps risquerait de provoquer une indigestion, ce qui pour un Français, est l'équivalent d'un mauvais retour sur investissement pour un Américain. Nous avons honoré avec sérieux une série de mets qui auraient constitué un bon topping de pizzas à avaler entre deux manips dans mon labo d'antan, mais l'affaire a été conclue et j'ai gagné quinze mètres carrés rue d'Ulm, assortis de deux assistants : un étudiant doctorant et un technicien à mi-temps.

Il ne pouvait guère me donner moins : c'était un minimum pour officialiser mon installation, mais cette réponse positive me suffisait. Quand on détient un bon sujet de recherche, on peut l'exporter facilement, même en cas de budgets réduits, car les propositions de collaborations internationales et donc de bourses affluent avec les multiples possibilités d'exploitation. Et mon sujet était un vrai filon : j'avais décidé d'axer mes recherches sur les facteurs d'attraction entre les deux sexes. Bien entendu, les phéromones me préoccupaient tout particulièrement, j'étais persuadée que même dans notre monde aseptisé et parfumé, ces petits messagers qui échappent à notre conscience infiltrent nos cerveaux pour des rôles liés à la reproduction. Les mystères de l'attraction ou de la répulsion entre deux individus trouveraient, à mon avis, un début d'explication dans les signes extérieurs de richesse génétique que sont ces molécules. C'était un sujet en or pour deux raisons ; tout d'abord, nos résultats d'expériences étaient immédiatement repris par la presse grand public, « la recette miracle » du couple réussi faisait vendre les journaux, ce qui me garantissait de la publicité ; d'autre part, un certain courant idéologique à la mode veut que le destin d'un individu ne soit pas dicté par ses gènes, et mes études sur le comportement fournissaient matière à ce débat.

Les treize années qui ont suivi mon installation en France ont vu défiler les diverses facettes mondiales de la recherche en amour. Le succès du labo dépassa tous mes espoirs, et je finis par voir la tour Eiffel comme un symbole : un phare destiné à attirer les âmes savantes en quête de la philosophie et de la poésie qui adouciraient les arides certitudes des résultats. Tous venaient dans la capitale de l'amour les yeux brillants, et je suis sûre que Paris, en suscitant

…urs d'émotions, a contribué à la richesse … production.

… puis, comme il fallait le prévoir, une grande activité amoureuse régnait entre les gens du labo, à s'en forger une réputation. À force d'en parler toute la journée (y compris tard dans la nuit), de brasser ensemble le personnel permanent et les jeunes chercheurs de passage, sans oublier les effets de certains produits qui trônaient sur les paillasses, on voyait se nouer sans cesse de nouveaux liens, plus ou moins sérieux. Une semaine, durant l'été de notre dernier exercice, fut particulièrement folklorique.

Avec mes ex-collègues d'Atlanta nous avions suivi plusieurs pistes de recherche sur les phéromones, y compris celle qui avait inspiré mon cadeau de départ : la crème pour faire pousser les poils. Il s'avère en effet que les poils sous-axillaires véhiculent, par le biais de phéromones libérées dans la transpiration, de nombreuses informations sur la disponibilité sexuelle, l'humeur, l'alimentation et même l'âge de notre dernier enfant (finalement on fait bien de s'épiler). Il se trouve que l'une de nos collègues aux États-Unis, après de longues années de recherche, avait réussi à démontrer l'implication des phéromones dans le phénomène de synchronisation des cycles menstruels de femmes en communauté. On comprenait désormais le mécanisme qui explique pourquoi les femmes en prison, à l'hôpital, en vacances ensemble, ont toutes leurs règles au même moment. Cette collègue, Martha, nous avait envoyé un échantillon de la molécule « clef » du processus qu'elle avait réussi à identifier : celle qui fait avancer le pic de progestérone au cours du cycle. Le pic correspond au jour de plus grande fertilité ; le corps de la femme est alors préparé pour démarrer une grossesse, et le cerveau couronne le travail de l'ensemble en garantissant une grande appétence sexuelle, autrement dit en déclenchant le désir le plus fulminant de tout le mois. Il s'agissait là d'une des premières phéromones décrites comme puissant attracteur sur un large échantillon de la population.

Certes, j'aurais dû prendre les précautions qui s'imposaient. N'importe quel labo industriel aurait émis des normes de sécurité, des codes de bonne pratique… bref toutes les mises en garde imaginables. Mais il n'existait pas de haute autorité de la science de l'amour. Et cette négligence, nous l'avons payée de notre personne.

L'échantillon est arrivé dans une série de conteneurs qui s'emboîtaient, telles des matriochkas. Nous en avons extirpé le flacon de verre, pour le poser avec délicatesse sur la paillasse. L'après-midi, au retour du déjeuner, il manquait quatre étudiants et deux techniciens, que j'ai repérés sans trop de mal – vu leurs grognements assez caractéristiques –, dans les seuls endroits du labo où l'on pouvait s'isoler : un placard profond, la chambre froide, ainsi que la pièce noire qui sert au développement des radios. Ce n'était pas la première fois que des liaisons furtives se nouaient au cours de la journée, mais là, cela faisait beaucoup en un après-midi. Pour autant, je n'ai pas réalisé ce qu'il se passait, avant de constater ma propre réaction aux molécules volatiles qui s'échappaient du flacon de Martha. Mon technicien était petit, brun, moustachu, grand fumeur, à l'approche de la soixantaine et lesté d'un surpoids significatif. En plein milieu d'une expérience je me suis surprise à admirer la forme de sa bouche. Ce qui aurait dû constituer une première alerte. Pourtant je ne me suis pas réellement alarmée avant de remarquer qu'en face de moi, Georgiana, la jeune post-doc, regardait aussi Jean-Pierre. Quand elle a levé ses yeux, ils brillaient, et elle m'a jeté un regard plein de savoir et de gravité. Un regard de femelle à femelle. Et ce regard m'a réveillée, bien que tout mon cerveau conscient tendît déjà à étouffer l'affaire, à me convaincre que j'avais imaginé cette lueur si caractéristique dans ses yeux.

Ne rêvez pas, les choses ne sont pas allées plus loin : je me suis secouée, j'ai mis le flacon de verre sous la hotte aspirante, et Georgiana a repris le chargement de son électrophorèse, avec un léger tremblement des mains.

Cependant ce non-événement – et de manière toujours inconsciente – a permis de franchir le premier pas dans l'exploration des applications pratiques de nos recherches.

De plus en plus j'observais ce microcosme qui constituait mon environnement, et j'établissais des liens entre le comportement humain et les mécanismes de l'attachement chez les animaux. Un exemple frappant : l'Anglais, Nigel, si peu communicatif qu'on se demandait s'il avait vraiment saisi le concept de couple, est venu passer quelques mois à Paris pour mettre au point un nouveau sujet de recherche qu'il a ensuite poursuivi à Cambridge. Il s'agissait de la dynamique du couple en cas de promiscuité ; les canards mâles, par exemple, sont monogames ou polygames selon le nombre de femelles qui les entourent. Il se trouve qu'il a raté de peu une expérience humaine de grande qualité, car son arrivée a coïncidé avec le départ des trois Italiennes, Georgiana comprise, brisant ainsi notre équilibre féminin/masculin. Après leur départ, subitement, personne ne voulait plus faire tourner les incubateurs de nuit. En revanche, l'un de nos techniciens a pu récupérer sa vie de couple qui pendant le séjour des Italiennes s'était approchée de l'abîme.

Ainsi les années se sont-elles passées en congrès, écriture d'articles, débats et expériences, interviews dans la presse et querelles avec mes collègues, mais j'avais gagné une certaine reconnaissance de la part de mes pairs, que vint couronner le prix de l'Académie des Sciences Américaine pour mon travail sur les poils (ou plus exactement pour la démonstration de la modification du contenu stéroïdien de la transpiration sous-axillaire avant, pendant et après la puberté). On m'invitait plusieurs fois par an à donner les « *keynote lectures* » dans les grands congrès internationaux, et les demandes d'emplois dans mon labo de la part des thésards et des chercheurs ne cessaient pas. J'avais quadruplé sa surface, et disposais d'un équipement qui valait quelques millions d'euros. Il y avait en moi une impression de but atteint, de mission accomplie… mais dans les recoins de mon sentiment de satisfaction : une sorte d'ennui. Mon travail certes intéressant, stimulant, manquait pourtant de concret : les aires du cerveau, les noyaux, les neurotransmetteurs et les récepteurs étaient autant de pièces d'un puzzle avec lesquelles on pouvait jouer, prévoir les rôles et les effets, s'amuser, intellectualiser et construire des hypothèses, mais à présent je voulais de l'action. J'avais envie de constater les résultats de l'application de ma science dans la vie de tous les jours. Mais comment s'y prendre ? Et pourquoi ne pas tenter d'aider les couples ?

Sur le grand échiquier de la vie, la pièce la plus complexe est bien l'humain : essayer d'identifier les facettes de son comportement amoureux était déjà une performance, alors les rouages d'un couple, ne serait-ce qu'un seul, représenterait un vrai défi. La démarche ne serait pas sans risques, bien sûr, mais pas plus qu'une psychanalyse. Et après tout, les magazines féminins se permettaient chaque semaine de proférer avis et conseils basés sur une psychologie bananière qui ne prêtait ni à conséquence ni à scandale. Qui pourrait donc m'en vouloir d'apporter l'éclairage de la science dans le Courrier du Cœur ? Car il s'agissait bien de cela.

Ainsi, un beau matin d'automne, en pleine atmosphère de Seine brumeuse, de chute des feuilles de marronnier et par une température incertaine, entre frisson et bien-être, l'époque de l'année la plus propice au renouvellement et au lancement d'idées et à la recherche de budgets, j'ai fait le tour de mes collègues pour compter ceux qui accepteraient d'adhérer à ma nouvelle société savante : S.O.U.L. ou Society for the Understanding of Love (une société pour la compréhension de l'amour, dont le sigle signifie « Ame »).

J'ai aussitôt éveillé des rancœurs et même de la haine avec mon histoire d'amour : les sociétés de neuroendocrinologie m'accusaient de braconner leurs membres, et même de vouloir couler leur société en m'accaparant un sujet aussi populaire. Les comportementalistes ont menacé d'« excommunier » tous ceux qui m'approcheraient, et les sociobiologistes ont hâtivement créé leur propre sous-groupe de travail sur le même sujet. C'est alors qu'un vieil industriel français, qui avait fait sa fortune en cinquante ans, curieux de tout, et particulièrement de l'amour, m'a approchée après un dîner en ville avec une proposition de financement pour nous permettre d'organiser un premier colloque, lancer un journal et décider de notre *modus operandi* en tant que société de conseil scientifique sur les problèmes de cœur.

Tous mes collaborateurs présents et passés se sont inscrits, mais également d'autres groupes auparavant disséminés à travers le monde. Ensemble, nous réunissions toutes les approches expérimentales du couple amoureux. On pouvait bien sûr parler de l'odorat et des phéromones, mes sujets de prédilection, mais aussi des autres aspects de la chimie du cerveau, tant il était maintenant admis qu'un cerveau amoureux est un cerveau en état de légère folie. On avait même assez de données, et surtout de culot, pour oser rapprocher la chimie du cerveau et la psychanalyse : les souvenirs d'enfance, de toute évidence, se codent également en réactivité à l'ocytocine.

Je pense que notre nouvelle société savante répondait à un vrai besoin, car nous n'avons eu aucune difficulté à nous mettre d'accord sur ses objectifs et son fonctionnement. Nous avons vite compris que dans tous les pays, les chercheurs étaient sollicités pour répondre non seulement à la presse sur toutes les questions de couple et d'amour, mais aussi aux particuliers qui leur écrivaient, leur téléphonaient, leur envoyaient des mails pour décrire leurs problèmes personnels et leur demander des avis, des explications, voire des solutions.

Nous avons décidé de créer un mensuel scientifique et de publier des articles théoriques et expérimentaux sur tous les sujets touchant au fonctionnement du couple humain. Chaque chercheur continuait d'explorer son sujet d'étude mais en consacrant une partie de son temps à recevoir des patients ou des couples pour discuter de théories basées sur leur cas personnel. Quant aux cas les plus intéressants, ils feraient l'objet de publications.

Toutes ces considérations étant prises en compte pour assurer le sérieux de notre démarche, j'ai pu louer 30 m^2 sur la montagne Sainte-Geneviève, poser ma plaque et préparer ce nouveau rôle de neuropsychologue du couple.

2

Comment rien n'est jamais acquis

Je m'étais levée, le jour J, avec un grand sentiment de sagesse, de légèreté d'esprit et de sérénité, et bien entendu, l'Amour a choisi ce moment exceptionnel pour montrer le côté sombre de sa force.

Ce qu'on appelle la dispute conjugale peut couvrir une large gamme de réjouissances allant du comique au dramatique avec des variantes plus ou moins subtiles qui dépendent des taux de glycémie et d'alcoolémie des protagonistes. On la déclenche d'ordinaire par le biais de quelques sujets bien répertoriés comme l'argent, l'éducation des enfants, ou celui, rodé jusqu'à l'usure, qui a servi à des millions d'entre nous : la belle-mère. Chez moi ce dernier combat était inégal : la belle-mère de mon mari habitait à huit mille kilomètres tandis que la mienne vivait de l'autre côté du fleuve. Et tous les facteurs de tolérance ne changeront rien au fait que la nuisibilité est directement proportionnelle à la proximité.

En l'occurrence, la belle-mère assurait juste son rôle de défenseur des droits de son fils, mon mari. En effet, depuis quelque temps déjà, l'Amour avait commencé à exiger ses droits, et des cohortes de gènes se réunissaient du côté français pour initier le programme comportemental si bien ancré dans tous les clans : celui qui pousse à la reproduction. Je pouvais attaquer la belle-mère plus facilement que le mari, mais la vraie bataille ne concernait pas les personnes, elle opposait l'instinct de survie de l'espèce à mon épanouissement personnel dans une vie professionnelle enrichissante. Manger ou nourrir, à vous de choisir. Je n'étais plus toute jeune ; quarante-deux ans exactement, et je m'étais crue désormais libérée de tout contrat de type utérin, l'instinct grand-maternel de ma mère ayant été assouvi par mes deux sœurs. (Elle se félicitait même peut-être d'avoir pu échapper aux bérets.) Mon mari, en revanche, est enfant unique, et il ne faisait aucun doute qu'aux yeux de certains j'avais un devoir incontournable à accomplir pour assurer la descendance des Ringer.

Nous ne nous sommes pas opposés frontalement sur un sujet aussi important, mais l'invitation des beaux-parents au déjeuner dominical, en ce début de matinée de ma nouvelle vie, avait pour effet de me distribuer un rôle que je n'avais plus envie de jouer, créant ainsi en moi la fameuse « situation de conflit » si chère aux psychologues. J'ai réagi d'une manière classique, bien répertoriée dans ce genre de situation, en engueulant mon mari.

Comme tous les couples, nous avons notre catalogue de disputes bien mises au point, y compris celle du jour autour du refrain : « tes parents ne m'ont jamais aimée » et « de toutes façons tu n'es pas une femme féminine ».

– Euh… oui en fait, mes parents nous ont invités pour dimanche (ton plein de remords).

– *Oh ! for goodness' sake !*

– M'arrête, Lisa ! ce n'est pas bien méchant ! Faut bien qu'on les voie de temps en temps.

S'il m'appelle Lisa, c'est qu'on n'est pas du tout dans l'humoristique ni dans le second degré. D'habitude il m'appelle « Amour », et je l'appelle « Darling ». S'il m'appelle Lisa, c'est qu'il est exaspéré et qu'il trouve que j'exagère. Cependant je suis tendue en ce début de journée auspicieuse, alors j'ignore les signes d'alerte et même je fais monter d'un cran les hostilités en passant à l'attaque.

– Oui bien sûr (ton sarcastique), elle a dû déjà sortir ta robe de baptême. Adorable ! Ce n'est pas comme s'ils cherchaient à passer un message… !

– Mais non, c'est parce qu'elle avait un peu trop bu l'autre fois, elle s'est laissée aller.

– C'est justement le problème – on a vu le fond de sa pensée. Laisse tomber.

– Et alors ? Il s'agit de porter mon enfant, pas d'héberger Saddam Hussein ! Tu es toujours excessive ! Où est le mal ?

Voilà – coup d'envoi au but en vingt secondes chrono ! Ensuite, en guise de clou du spectacle on avait l'habitude de rejouer un petit numéro qu'on avait mis au point depuis quelques années autour de mon métier de scientifique de l'amour, « tu devrais lire mes articles » et « tu devrais appliquer ton savoir pour éviter de gueuler comme ça ».

Il avait raison – j'aurais dû appliquer mon savoir, et je me retrouvais toujours partagée entre la haine et la honte après ces échanges. Souvent on me demandait dans des émissions de télévision si je n'allais pas tuer l'amour en décortiquant ses mécanismes. Si tel pouvait être le cas, je saurais aussi tuer la haine qui dominait ces échanges stéréotypés. Comment s'en sortir ? Les neurobiologistes voulaient attribuer ce comportement à des jeux de pouvoir dans le cerveau entre l'ocytocine et la vasopressine, à l'intérieur de ce petit noyau « sentinelle » en forme d'amande : l'amygdale, ce qui sans aucun doute était le cas, mais pourquoi ? Quel signal m'envoyait l'objet de mon amour, mon complice, mon David Darling, pour que sa bienveillance soit subitement mise en doute par mon amygdale, et pour que mes répliques manquent aussi crûment de réflexion et de générosité ?

Je partis perplexe vers mon nouveau cabinet de consultations, revivant la scène en boucle dans ma tête. C'était plus grave qu'une simple dispute de routine compte tenu du sujet ; c'était une rupture de complicité. Combien de fois nous sommes-nous moqués ensemble des photos de nouveau-nés de nos collègues, combien de fois avait-on levé les yeux au ciel pendant les voyages en train, dérangés par les « lardons » des voisins, et combien de fois avait-on offert un tambour pour les anniversaires des neveux et nièces, histoire d'avoir un nouveau prétexte pour rire entre nous du stress des parents, forts que nous étions d'avoir échappé à tout ça.

Et maintenant il jouait les pères frustrés ? J'avais l'impression qu'il me trompait avec sa mère. Était-il sincère, ou sous influence ? Ce n'était pas une dispute ordinaire, mais bien une remise en cause de notre pacte de vie, et il fallait qu'on règle cette histoire entre nous en dehors des pressions et du pathos parentaux qui planaient quelquefois le dimanche matin. Je lui rappellerais ce soir quelques bonheurs élémentaires de la vie, et pour la mise en scène j'achèterais son bordeaux préféré en rentrant à la maison. L'amygdale a tendance à fondre sous l'effet d'un vin rouge de qualité. Rassérénée par les prémices de mon plan d'action, j'ai tenté un SMS de réconciliation : « *Pardonne-moi, je porterai des quintuplés pour toi, si tu le veux.* » Voilà de quoi le faire réfléchir.

Mais il fallait ce matin que je me concentre sur mon nouveau défi professionnel, et le cas qui est venu se présenter à mon cabinet, en exigeant toute mon attention, a permis à mon cerveau inconscient de claquer la porte au nez des problèmes familiaux.

Mes premiers patients, Paul et Danielle, sont arrivés pratiquement en même temps que moi. Je les ai installés dans des fauteuils confortables autour de la table basse, au centre d'une pièce que j'avais voulue feutrée afin d'explorer au mieux les émotions de chacun. Les Kleenex étaient dans une commode à portée de main, et la fenêtre, qui donnait sur un jardin en rez-de-chaussée, était habillée de voiles et de grands rideaux en velours rouge, créant carrément une ambiance théâtrale. Tous deux avaient l'air plus ou moins détendus au moment de s'asseoir, ou disons plutôt d'une politesse cordiale. Lui était psychanalyste et elle romancière, et au vu de leurs activités je m'attendais à une conversation civilisée et savante, entre professionnels des processus mentaux. Et pourtant ma propre expérience aurait dû me démontrer que celui qui subit les émotions n'est pas le mieux placé pour les analyser et les travailler. J'ai vite constaté qu'ils en étaient au premier degré dans la mésentente banale d'un couple de six ans.

– Tu surveilles déjà ta montre ? On vient juste de s'asseoir !

Paul, l'accusé, m'a regardée avec des yeux qui disaient « vous voyez comme elle me harcèle alors que je n'ai encore rien dit ». Sous-entendu : je devais tenir le score de cet échange pour désigner la victime et le bourreau. J'ai levé vers lui des yeux qui ne disaient rien, il a donc continué sa démonstration de mari victime en parlant à sa femme avec une patience exagérée :

– Je vérifiais simplement notre ponctualité, mais on est très en avance.

Il a singé un sourire, les coins de sa bouche remontés dans un visage qui codait tous les signes du mépris. Il a secoué ses cheveux et passé la main pour écarter les boucles de son front, s'enfonçant davantage dans le fauteuil comme pour s'abandonner à une suite connue : inévitable et peu souhaitable.

Danielle, petite et brune, portait les cheveux courts (plus courts que les siens). Le visage fatigué, anxieux, elle se tenait au bord du fauteuil, le corps penché vers l'avant. Elle n'avait pas encore croisé mon regard, mais elle prit spontanément la parole, en regardant ses genoux, pour me dire d'une voix devenue toute petite et très émue :

– Il n'y a plus d'amour entre nous.

C'était une brutale entrée en matière. J'avais pensé échanger quelques banalités avant d'en arriver aux choses sérieuses, mais ce n'était plus de mise.

– Racontez-moi comment c'est arrivé.

La demande ne l'a pas mise à l'aise. Elle a regardé son mari, puis elle m'a regardée, et pendant qu'elle commençait à agiter ses mains, il en a profité pour reprendre le contrôle de la situation en entonnant sa vérité d'une voix professorale ; pas forte mais d'un ton qui n'admet pas la contradiction.

– Ma femme s'est servie de moi pour évacuer les problèmes qu'elle avait avec son père. Deux ans d'amour fou, comme par hasard, le temps d'un transfert très efficace, et depuis, que des reproches.

– Et vous, au bout des deux ans, vous l'aimiez encore ?

– J'avais compris le jeu – je me suis rendu compte que je m'étais fait avoir comme un débutant.

– Et vous (en m'adressant à Danielle), vous êtes d'accord avec cette interprétation ?

– Bien, non, enfin...

– Je vous en prie, ça suffit maintenant, je sais de quoi je parle !

Yikes ! Il fallait vite que j'intervienne avant que ma première séance ne dégénère en querelle domestique.

– Vous avez votre regard de psychanalyste sur la situation, mais peut-être qu'une lecture neurobiologique pourrait vous apporter un autre éclairage, vous permettre de voir les choses différemment ?

Pour toute réponse, un soupir.

Danielle, en revanche, se montra tout à coup en alerte, comme si elle attendait exactement ce développement. Encouragée par ses yeux brillants, je me suis lancée dans l'explication de l'amour dit « biologique » qui dure entre un et trois ans. Elle était au courant (elle a immédiatement commencé à hocher la tête) – de toute évidence elle avait lu mes livres et traîné son mari chez moi dans l'espoir de remettre en question sa façon de raconter leur histoire. Face à l'hostilité évidente du regard psychanalytique, j'ai tempéré ma verve habituelle au profit d'une démonstration très factuelle des processus de l'amour :

– Quand on réfléchit en termes biologiques, l'amour est un comportement très coûteux : les deux partenaires consacrent du temps et beaucoup de ressources à la séduction de l'autre, et pendant cette période d'amour fou ils ont tendance à abandonner leurs activités habituelles pour se blottir dans les bras l'un de l'autre. On ne peut pas imaginer que cet immense investissement dans le bonheur de l'amour soit inscrit dans notre comportement pour rien.

Paul, sceptique, un rien moqueur :

– Donc, pour vous, on subit nos comportements au lieu d'en être les décideurs ?

– Non, non, dit Danielle, continuez, c'est intéressant.

– Oui, justement. Certains de nos comportements sont tellement importants, voire essentiels pour la survie, qu'ils sont programmés en quelque sorte dans notre cerveau pour être exécutés de manière automatique, et on résiste très difficilement à leur accomplissement.

Danielle, curieuse :

– Mais l'amour, ça sert sûrement à nous rendre vraiment heureux ?

– Il est certain que ça provoque des émotions parmi les plus fortes de notre vie… (Un petit frisson, une vague de nostalgie, une larme qui monte et un fond de regret m'émeuvent rien que d'en parler)… mais il ne faut pas confondre la fin et les moyens. Le plaisir est l'appât qui pousse le couple à rester ensemble pour réunir leurs ressources autour d'un enfant. Un enfant humain avec un seul parent dans la nature sauvage de la Préhistoire avait beaucoup moins de chances de survivre que celui qui bénéficiait des soins de deux parents.

– Vous oubliez, ma chère (quel dédain !) que le plaisir n'est pas continu dans l'amour – il y a des crises de jalousie, la douleur de la séparation, le doute, la peur...

– Oui, toute une série d'émotions, mais qui ont une finalité commune, le résultat en est toujours une conscience augmentée de la désirabilité de l'autre...

Il a voulu m'interrompre de nouveau mais j'ai levé la main pour l'en empêcher :

– ... et quoi qu'il en soit, les diverses manifestations du cerveau renforcent le lien entre les deux partenaires. Cependant, comme la nature est économe, une fois que l'enfant a grandi suffisamment pour se tenir debout et attraper quelques aliments, un seul parent suffit à assurer sa survie. À la fin de cette période de dépendance, les effets de l'amour peuvent alors s'estomper, libérant les deux partenaires de leur « pacte » biologique autour de l'enfant. Il se trouve que l'autonomie d'un enfant humain commence quand il se met debout, et donc la durée minimale d'une histoire d'amour entre les deux parents doit comprendre la grossesse et cette première période de développement, c'est-à-dire entre 18 et 36 mois. L'amour a donc été inscrit dans nos gènes par le simple fait que les enfants dont les parents n'avaient aucun désir de rester ensemble seraient morts.

– Attendez, tout cela n'est que théorique, et pas du

tout pertinent en ce qui nous concerne, pour la simple raison que nous n'avons pas d'enfant !

Voilà la question clef. Il fallait que je sois claire et précise sur ce point, car s'ils comprenaient la réponse à cette question, ils auraient saisi l'essentiel concernant la biologie de l'amour et sa façon de s'imposer aujourd'hui dans nos vies.

– Que vous soyez homosexuels, sous contraception ou parents de quintuplés (houps, petit clin d'œil incontrôlé), le processus programmé dans le cerveau est le même. Les modifications génétiques qui ont induit le comportement amoureux ont eu lieu à une époque de notre histoire où l'on vivait dans des conditions sauvages, et où la survie de chacun était remise en jeu chaque jour, sinon à chaque instant. Dans cette vie-là, tout nouveau réseau neuronal qui permettait de recruter le soutien fidèle ou durable du partenaire améliorait les chances de survie de l'enfant qui résultait du lien. Par les processus de l'évolution, les enfants issus de parents amoureux ont survécu, et en se reproduisant à leur tour, ont passé leurs gènes « de l'amour » aux générations suivantes. Les processus d'amour sont inconscients, et nous, enfants de ces pionniers préhistoriques, nous en avons hérité. Il se trouve qu'aujourd'hui les conditions de vie ont changé, un seul parent suffit à assurer la survie de l'enfant, mais notre cerveau, lui, a gardé les réseaux neuronaux de nos ancêtres, car ils sont programmés dans nos gènes.

– Vous voulez dire que c'est comme l'épidémie

d'obésité – on grossit aujourd'hui parce qu'on a toujours les gènes pour stocker la graisse qui nous a permis de survivre en des temps plus durs ?

Je me suis détendue. C'était tout à fait ça ; l'amour est une relique précieuse.

– Voilà ! Notre cerveau est préprogrammé pour l'amour, quelle que soit notre situation de famille aujourd'hui, et surtout, le programme se déroule toujours selon la même durée.

– Deux ou trois ans ?

J'ai fait « oui » de la tête, et j'ai essayé d'intercepter le regard de Paul pour mesurer sa réaction.

– C'est intéressant, a-t-il consenti, il y a sans doute du vrai dans ce que vous dites, mais ne croyez-vous pas que votre leçon est par trop réductrice quand on la met en regard des sonnets de Shakespeare, ou des grandes histoires tragiques de Roméo et Juliette, de Tristan et Iseult ou de Pâris et Hélène ?

Je voulus lui répondre, l'explication était simple, mais il ne m'a pas laissé faire. En se levant, il a intimé à sa femme de le suivre.

– Je ne crois pas utile de poursuivre cette conversation. J'ai dix années d'expérience de la psychanalyse et je vous prie de croire que les ramifications de l'esprit humain vont bien au-delà de quelques circuits imprimés qui nous feraient agir comme des robots. Si tel était le cas, mon travail serait beaucoup plus simple.

Bizarre : il me trouvait réductionniste, mais mes idées trop simples le mettaient tellement mal à l'aise qu'il cherchait à s'enfuir après dix minutes d'échange. Notre séance devait durer une heure, et j'avais même prévu plus large pour cette toute première expérience. Je m'adressai à Danielle :

– Si vous avez encore du temps, on peut continuer en tête à tête pour cette première séance, qu'en pensez-vous ? À un moment ou un autre, de toute façon, il aurait fallu que je vous voie séparément.

Contre mon attente, elle n'a pas consulté son mari, même du regard, mais a hoché fermement la tête, avant de me sourire et de s'installer confortablement dans son fauteuil.

– Oui, oui, faisons ça. Je te retrouverai ce soir à la maison, Chéri.

Chéri ne voulut pas faire de scène. Il a levé légèrement les sourcils, dissimulé sa grimace en baissant la tête et m'a même serré la main avant de partir, la tournant et la forçant vers le bas, la poigne classique du dominateur.

Tout en analysant sa réaction, je la regrettais beaucoup et n'étais pas fière de moi ; j'avais réussi à froisser deux hommes en l'espace d'une heure et je me disais qu'il faudrait faire mieux. Mes débuts de conseillère ne s'annonçaient ni prometteurs ni rassurants, et la frustration de l'échec m'a émue : j'ai dû lutter contre une montée de larmes. Pendant que Danielle répondait à un appel sur son téléphone portable, j'arrangeai les rideaux, puis l'arrivée de mon assistante me fournit un prétexte pour sortir de la pièce en proposant du café à Danielle.

Macy est la fille d'une amie d'enfance américaine. Elle m'avait contactée depuis la Géorgie pour que je l'aide à trouver du travail pour un an à Paris, et je lui ai spontanément proposé le poste d'assistante à mon cabinet. Je ne l'avais pas revue depuis dix ans et son arrivée à Charles-de-Gaulle m'avait un peu déroutée : je m'attendais à une réplique de sa mère, sévère, studieuse et un peu renfermée, et non à cette jeune fille pas du tout apprêtée, certes, au regard modeste, mais chez qui on décelait un être sexuel affirmé, un peu comme une fleur parfaitement éclose. Elle avait une façon d'habiter sa chair qui libérait des ondes dans l'air autour d'elle, et sa présence ne pouvait en aucun cas être neutre, dans un cabinet comme le mien. Mais tant pis, je ne voulais pas me fâcher avec mon amie, et ce matin Macy s'avançait, charmante et souriante. Dans l'immédiat, le fait de parler ma langue maternelle et de retrouver des repères familiers me faisait du bien. De plus, elle avait dévalisé la pâtisserie la plus proche « pour fêter mon ouverture ».

J'ai disposé un choix de viennoiseries sur le plateau, avec les deux cafés.

– Je suis désolée, dit-elle, il n'y a plus de ces petites pyramides à la noix de coco avec une cerise, le monsieur qui est parti les a prises toutes les deux.

– Tu lui as proposé du café ?

– C'est lui qui m'en a proposé un, en réalité, mais

j'en avais fait ici. Tiens, il s'appelle Paul, il m'a laissé sa carte.

Elle savait très bien ce qu'elle était en train de dire, ses yeux riaient, moqueurs devant la faiblesse (ou le pouvoir ?) des hommes. Et tout à coup, je l'ai bénie, elle ranimait mon sens de l'humour et de la réalité, après les psychodrames de la matinée, me permettant de prendre un peu de recul par rapport au discours destructeur de mon patient masculin. Je suis repartie avec les cafés pour une séance constructive.

3

Comment la stratégie est sexuée

Le visage radieux de Danielle, plein d'espoir, m'a encouragée (et un peu effrayée tant elle avait l'air d'attendre de moi des prouesses), et dès que l'on s'est installées à deux, la porte fermée, elle s'est livrée librement.

– Je suis très attachée à mon mari, mais vous savez, la difficulté avec un psychanalyste, c'est qu'il comprend les relations humaines selon sa grille de lecture de la psyché ; il croit savoir mieux que moi mes motivations et il n'admet pas que quelqu'un d'autre puisse lui apprendre quelque chose sur ce qu'il considère comme *son* sujet. C'est pour ça que j'ai pensé que votre approche mécaniste pourrait secouer ses idées. Je voudrais qu'il comprenne que notre histoire d'amour n'était pas un calcul de ma part…

Je l'ai coupée dans son élan :

– La compréhension des mécanismes de l'amour est utile, c'est vrai, mais quand la passion n'existe plus les réactions varient. Il y a ceux qui ont envie que l'amour perdure, et ceux qui abandonnent le jeu dès que les sentiments changent. Pour certains la complicité prend le relais de la passion, et pour d'autres, rien ne peut la remplacer, et ils préfèrent aller chercher une nouvelle passion tous les trois ans. Là où les choses deviennent intéressantes, c'est autour de ce moment crucial : pourquoi on a envie que ça continue ou pas, et quels moyens on peut mettre en œuvre pour faire durer l'histoire au-delà de sa programmation dans le cerveau.

– Mais c'est une sorte de psychanalyse alors ?

Elle avait l'air déçue, comme si je l'avais trompée sur la marchandise.

– Ce n'est pas aussi simple. Il n'y a pas d'un côté la psychanalyse et de l'autre la neurobiologie ! Tout ce qui se passe dans le cerveau s'appuie sur des réseaux de neurones animés par des neurotransmetteurs, que ce soient les émotions, les souvenirs d'enfance ou l'envie de faire pipi. Vous allez voir, on va étudier votre problème et trouver le moyen d'intervenir sur vos deux cerveaux pour essayer de faire évoluer les sentiments. Vous voulez bien essayer ?

– Oui oui, bien sûr, je suis venue pour ça, mais je pensais que vos explications suffiraient à mon mari pour lui faire comprendre ce qui nous arrive, et pour devenir plus raisonnable.

– Beaucoup de gens pensent que le cerveau humain est uniquement un noyau de raisonnement, d'ailleurs votre mari en est persuadé, j'en suis sûre. Mais si c'était le cas, imaginez comme il serait facile d'atteindre et de garder le poids qu'on rêve de faire. Bien sûr que non ! Les influences de la glycémie, des taux de gréhline et de leptine, les souvenirs de la purée de la grand-mère et les publicités qu'on voit à la télé viennent tous agir sur l'hypothalamus en bout de course des réseaux pour influer sur la décision : vais-je manger un plat de pâtes ce soir ou une salade ? Vous pouvez croire qu'il suffit de *vouloir* perdre du poids pour choisir la salade. La volonté primordiale dans la prise de décision, quoi ! Ma méthode est très différente : je crois que la force de la volonté est un épiphénomène qui ressort de l'ensemble des influences du cerveau dont la plupart sont subconscientes, et que nous avons plus de chances de changer nos comportements en jouant sur ces dernières.

– Je ne comprends pas, il me semble que même la décision de jouer sur ces influences est déjà un acte de volonté, non ?

– Oui, mais si on va jusqu'au bout du processus, la notion de volonté implique que l'on sait ce que l'on veut, et c'est justement le problème principal en ce qui concerne l'amour. Pendant la période de la passion, ou ce que j'appelle l'amour biologique, la volonté semble être maximale tandis qu'en réalité, c'est automatique, on ne se pose pas de questions, bien au contraire. La dopamine dope, les stéroïdes excitent et le cortex suit aveuglément. Maintenant que ce programme automatique a joué et s'est terminé, il faut trouver les moyens de faire remonter la dopamine pour relancer le processus. Là, certains ont la volonté de le faire et d'autres pas.

– Mais pourquoi ce serait à moi d'avoir cette volonté et de faire l'effort – j'ai toujours envie de vivre avec lui –, et pourquoi est-ce que lui n'a plus envie ?

– Vous mettez le doigt sur l'essentiel : l'envie est centrale dans l'amour, et les envies féminines ne sont pas superposables aux envies masculines. Si elles sont toutes les deux automatiques pendant l'amour biologique, elles dépendent ensuite de divers facteurs qui sont propres à chacun d'entre nous. La sécurité, les intérêts en commun, les enfants, la personnalité, les habitudes ou la culture jouent tous un rôle, mais je pense que nous avons aussi un levier très puissant et efficace dans le sexe.

– Vous croyez que l'amour ne peut pas exister sans le sexe ?

– Non, pas du tout, je n'ai pas dit ça. Je pense que dans le cas de votre couple, et de beaucoup d'autres couples, on n'utilise pas assez le sexe comme force motrice pour raviver l'amour passionnel. Ceci peut vous paraître paradoxal, mais dans votre cas, vous êtes un couple « intellectuel » qui a fait un travail ensemble sur sa relation, or, ce qui semble manquer pour transformer votre connaissance profonde de l'autre en complicité profonde est une « amplification » de l'acte sexuel. Il faut utiliser le sexe (l'ocytocine plus exactement) pour recréer le lien entre les centres du plaisir et les indices qui définissent ce qui vous plaît chez l'autre.

Sa déception était palpable. Elle ne me regardait plus.

– Je crois même que le sexe joue contre moi ; je suis sûre qu'il a une maîtresse. C'est son désir sexuel qui l'éloigne de moi plutôt que le contraire.

– Oui, Danielle, c'est logique. Ce comportement est quasi programmé : à la fin des deux ou trois ans d'amour béni, on cherche un nouveau partenaire sauf si d'autres leviers comportementaux recentrent la motivation sur le même partenaire.

Elle regardait au loin vers le jardin, les yeux dans le vague.

– Je croyais qu'on allait trouver une stratégie intelligente. Le sexe, c'est basique, animal : ce n'est pas un amour comme ça que je veux, c'est l'entente… la confiance… les échanges intéressants…

– D'accord. Mais dites-moi, pendant les premières années de votre histoire, quand tout allait bien, il n'y avait que des échanges intellectuels ou est-ce que par hasard vous faisiez aussi l'amour ?

Elle a rougi. Elle a même esquissé un petit sourire. Quand même ! J'ai continué :

– C'est normal ! Pour vous le sexe semble être une fonction accessoire au côté poétique et intelligent de la vie à deux, mais c'est en fait la fonction essentielle. Si vous aviez quatre-vingts ans tous les deux, je proposerais d'autres solutions, mais pour votre cas, et tenant compte de ce que vous dites de l'appétit sexuel de votre mari…

Sans parler des avances qu'il avait faites en trente secondes à Macy.

– ... je vous propose qu'on attaque le problème par...

– Le bas ?

Enfin ! Elle arrêtait son opposition systématique. On a ri ensemble et je me suis dit qu'on allait pouvoir avancer.

– OK! Mais vous allez voir, il s'agit quand même d'un processus savant, fin, intelligent et qui demande beaucoup de recul et de confiance...

Et un certain sens de l'humour, me disais-je.

– Voici l'idée. La motivation pour le sexe est fondamentale pour la survie de notre espèce, et par conséquent elle est assurée par de nombreux mécanismes dans le cerveau. L'excitation sexuelle est très facile à provoquer, même chez des partenaires anciens, avec des astuces qui cassent la routine. Des jeux de rôles, changement d'endroit, petite mise en scène, utilisation d'accessoires... ce qui importe pour nous, lorsque la période d'amour biologique est terminée, c'est qu'on peut tenter de ranimer le lien amoureux en jouant sur la libération d'ocytocine.

– Oui, par le sexe, J'ai compris. Mais vous ne pouvez pas nier qu'il existe des gens qui font l'amour sans tomber amoureux.

– Je ne le nie pas, mais je crois qu'il s'agit alors d'erreurs de casting. Ou alors de contrainte : quelquefois on fait l'amour parce que les circonstances sont telles qu'il est plus facile de céder que de s'opposer.

– Vous voulez dire le viol ?

– À l'extrême, oui. Mais aussi la fille qui a trop bu dans une soirée, ou qui tout simplement succombe à la pression d'un garçon très motivé.

– Donc le sexe n'entraîne pas obligatoirement l'amour.

– Chez les campagnols ou les moutons, le sexe entraîne le lien. Mais chez nous, le sexe renforce le lien et stimule l'installation d'un lien amoureux uniquement quand certains éléments de compatibilité biologiques et intellectuels sont présents.

– Et vous croyez que c'est notre cas ?

– Ça a déjà marché une fois, donc les éléments doivent être présents. Sauf si votre lien était basé sur le rôle autoritaire de Paul dans votre vie, et qu'aujourd'hui vous n'en ayez plus besoin. C'est tout à fait possible.

– C'est son autorité qui m'agace. Je voudrais qu'il me traite en égale.

– Qu'est-ce que vous aimez en lui ?

– J'aime son goût en poésie. J'aime son corps de dieu grec. J'aime sa sollicitude. J'aime son cynisme. J'aime sa force physique. J'aime sa passion pour les bonnes choses.

– Oui, la recette est assez complète. Est-ce qu'il est gentil avec sa maman ?

– Très.

– Dans ce cas vous pouvez le garder.

– Oui. Vous n'imaginez pas combien ça me fait peur, l'idée de le perdre.

– Vous faites souvent l'amour ?

Elle a rougi à nouveau. Ça voulait dire quoi ? Il devait sûrement exister un problème de ce côté-là.

– On n'a jamais été des bêtes de ce point de vue.

Des bêtes ? Ça alors. Pourquoi cette expression ? Si le fait de faire l'amour relève, en effet, d'instincts animaux, la liaison avec les sentiments en fait souvent une forme d'art : une sublimation du corps. Au moins j'aurai défini ce matin le travail à faire avec elle. Voyons maintenant si elle va vouloir jouer le jeu, car le jeu est délicat, quelquefois un peu sordide, et je dirais même dangereux dans certaines circonstances.

– Des bêtes, dites-vous ? Eh bien on va commencer par une petite exploration de la bête sexuelle qui se cache en vous.

– Et s'il n'y en a pas ?

– En général, quand on croit qu'elle n'y est pas, c'est qu'on l'a enchaînée.

Elle a eu une expression très fugitive de crainte. J'avais mis le doigt sur le museau de la bête.

– Maintenant, Danielle, il faut que l'on soit très terre-à-terre. Les motivations sexuelles ont servi de muses pour les belles lettres mais elles se nourrissent souvent de fantasmes inavouables : la violence, le viol, la domination, la scatologie ou le voyeurisme. Elles sont liées à la survie, au risque, à la mort, et dans le monde aseptisé d'aujourd'hui on les cache en essayant d'oublier qu'elles font partie de nous. Mais elles sont toujours là, et elles peuvent à certains moments dominer le reste du cerveau. Je vais vous demander de réveiller l'histoire sordide de l'espèce humaine qui dort en vous. Je pense que vous risquez de vivre des moments pénibles si vous décidez d'emprunter ce chemin, mais l'efficacité, j'en suis sûre, sera redoutable, à la hauteur des risques.

Cette fois, elle était intriguée.

– Vous croyez vraiment que vous pouvez nous aider ?

– Si vous êtes prête à tenter des voies expérimentales. Rien n'a encore été prouvé dans ce domaine.

– D'accord, je comprends, on va essayer. Je n'ai rien à perdre de toute façon. Je prendrai ces risques-là, ça ne me fait pas peur, bien au contraire en fait, si vous êtes avec moi. Comment on procède ?

– D'abord je vais réfléchir à une technique pour interroger votre corps, lui poser les bonnes questions, afin de comprendre comment le sexe est géré dans votre cerveau. Mais pour l'instant, racontez-moi votre vie quotidienne…

S'ensuivait un certain nombre de détails qui m'ont permis de mieux situer Danielle. Comme l'indiquait son enthousiasme pour ce projet que certains auraient trouvé « olé-olé », elle présentait quelques signes qui me laissaient présager un taux de testostérone au-dessus de la norme féminine. Déjà son régime alimentaire – au lieu de se nourrir de poisson et de salades, elle disait toujours choisir la viande au restaurant. Son annulaire était plus long que l'index, elle avait une pilosité plutôt abondante et une mâchoire assez proéminente. Ces éléments me faisaient croire que sa libido ne devait pas être inexistante, et le fait de ne pas faire l'amour « comme des bêtes » prenait une signification particulière. J'ai tout noté, puis je lui ai donné des instructions pour la semaine suivante :

– Maintenant, il faudra tenir un carnet pour y noter toutes les références sexuelles que vous rencontrez pendant la semaine, et vos réactions. Prenez-les dans des livres, des articles de journaux, des conversations, des films, peu importe. D'accord ?

– D'accord.

– N'essayez pas de faire l'analyse vous-même – venez avec vos notes brutes. On les regardera ensemble.

– Et pour Paul ?

– Soyez à l'aise dans vos rapports avec lui. S'il vous pose des questions sur notre séance, répondez-lui, mais laissez-moi faire pour la suite. Je suis sûre qu'il reviendra.

Et je savais pourquoi. Elle a pris congé avec de grands sourires. Moi aussi, j'étais contente, je croyais avoir trouvé en elle une patiente bien adaptée à mon premier essai. Elle comprenait la théorie, elle était prête à tenter des aventures et à jouer avec ses sentiments. Restait à voir si elle aurait assez de recul pour les manipulations mentales qui s'imposeraient, et qui dépendraient beaucoup des exigences imposées par les recoins cachés du cerveau de Paul. À propos, je pourrais d'ores et déjà interroger Macy sur sa lecture du psychanalyste. Je l'ai trouvée dans l'entrée en train de faire des recherches sur internet.

– Macy, ça va ?

– Oui, bien. En fait ton carnet se remplit bien – déjà des rendez-vous tous les matins de cette semaine, tous des amis des amis des amis…

– Incroyable ! Mais j'aurais voulu essayer de voir Paul cette semaine – tu sais, le psychanalyste qui est parti très vite.

– Je ne risque pas de l'oublier, il a pris les gâteaux que je préférais, tu sais, les petits…

– Oui, ça s'appelle des nichons.

– Nichons ?

– Petits seins.

– Ah. Pourtant il avait l'air un peu timide.

– Timide ? Ça alors ! Tu ne connais pas l'expression : « Dites-le avec des nichons ? »

Elle a ri, elle n'était pas farouche. Je me félicitai de sa bonne humeur. Si j'avais été moins préoccupée, j'aurais peut-être remarqué le deuxième degré qu'affichait son sourire.

– Et à part ça, il y a eu des appels du labo ?

– Oui, une certaine Georgiana, une Italienne. Elle disait que ça concernait « la molécule de Martha ».

Excellente nouvelle. Georgiana et moi avions décidé de poursuivre le projet de recherche sur les extraits axillaires de Martha, et elle avait commencé à faire des expériences comportementales sur des variantes chimiques de la fameuse molécule qui avait provoqué tant d'émoi le jour de son arrivée. J'ai décidé de retourner au labo pour rappeler Georgiana sur le système de vidéoconférence installé dans la salle de réunion ; j'ai donné congé à Macy avant de traverser les deux rues qui séparaient le cabinet de mon labo.

Macy, de son côté, s'est rendue dans un petit bistrot au coin de la rue où elle avait été invitée par Paul pour déjeuner.

4

Comment casser une illusion

La vidéoconférence nous a permis de régler quelques détails concernant le projet en cours. Nous ne pensions pas que les phéromones seules décident de la désirabilité d'une personne : les données physiques, comme la taille et la forme du visage, en plus du sens de l'humour et des autres informations qui permettent d'établir une base référentielle, y contribuent tout autant. Cependant, ce facteur supplémentaire si discret semble faire basculer le compte selon des données du calendrier corporel, de la situation familiale ou de la compatibilité génétique. Nous avons donc consacré un certain temps à mettre au point les suites expérimentales, j'ai fait un tour chez mes techniciens et post-docs, puis je suis partie du labo très tôt en vue de prévoir ma soirée d'explications avec David.

Je me suis arrêtée chez mon caviste préféré pour choisir la potion magique la plus efficace que je connaisse.

Mon mari est météorologue, et à force de vivre la

tête dans les nuages, son cerveau rayonne ou pleut selon le temps qu'il fait. En fait nous sommes tous sensibles à l'intensité et à la durée de la lumière ; si les étés sont « chauds » à tous les points de vue, c'est parce que nos corps répondent à la chaleur et à la lumière par des flux de neurotransmetteurs et par une forte circulation d'hormones. D'ailleurs, l'astrologie pourrait devenir une vraie science si l'on se contentait d'étudier les effets du seul astre qui provoque des effets immédiats et directs sur nous : le soleil. Bref, le climat entre mon mari et moi était donc partiellement météorologique, et en ce mois de février, l'arrivée du printemps nous guettait.

En entrant, il eut l'air étonné de me trouver à la maison.

– Tu es déjà là ?

– Non, c'est mon avatar que tu vois : le moi idéal que tu as créé dans tes rêves les plus fous. Appuie donc sur les bons boutons et elle fera ce que tu voudras.

– Dis donc, elle ne te ressemble pas trop, ton avatar.

OK, on était donc toujours dans le conflit. Autant enfoncer tout de suite le couteau dans la plaie.

– Profites-en, elle ne restera pas éternellement. Parle-lui par exemple de tes désirs de paternité.

– Oui, peut-être qu'elle, au moins, est une femme comme les autres, pas à toujours guetter les manifestations de ses hormones. Peut-être qu'elle se laissera aller à une vie normale, sans calculer ni analyser, ni vouloir me coller un rôle précis dans une théorie comportementale. Quelqu'un qui voudrait bien vivre son destin d'être humain sans se battre en permanence contre la nature. Non ?

Le « non » sauvait un peu l'ambiance, mais l'attaque était féroce. Il mettait en cause rien de moins que ma façon d'appréhender la vie. Ma façon d'être. J'ai compris d'un coup qu'il ne s'agissait pas d'un désaccord sur l'envie ou non de faire un enfant. Il était en train de se retirer de notre illusion commune.

L'amour est une illusion. Ça ne veut pas dire que l'amour n'existe pas, bien au contraire : le montage est savamment construit par deux cerveaux en accord, et tant qu'ils adhèrent tous les deux, les effets de l'illusion en termes d'émotions et de satisfaction sont bien réels. En science, on fait la différence entre l'amour « passionnel », qui caractérise le début d'une liaison amoureuse, et l'amour basé sur la compréhension et l'amitié, qui peut durer toute une vie. Il est vrai que ces deux états amoureux découlent de mécanismes différents dans le cerveau ; circuits différents et neurotransmetteurs différents, mais il n'empêche que dans les deux cas l'activité cérébrale produit l'illusion d'une communion exclusive avec le partenaire.

David me regardait d'un air exaspéré, sans doute parce qu'il savait ce que j'étais en train de penser. Au début de notre vie à deux mes analyses l'avaient amusé et intéressé, mais depuis quelque temps ce n'était plus le cas. En fait, pendant l'amour passionnel, l'illusion de l'entente est parfaite ; l'autre est formidable, irrésistible et irremplaçable. Ce tour de force est assuré par la reprogrammation de certaines parties du cerveau : l'activité du cortex préfrontal est modifiée de telle sorte que le jugement social concernant le partenaire est suspendu, et ainsi tout ce qu'il fait paraît merveilleux. Dans ces conditions l'amour est automatique, ne demandant aucun effort de décodage ou de compromis, mais sa durée de vie est limitée selon la dynamique de désensibilisation des récepteurs aux neurotransmetteurs.

L'illusion de la deuxième phase, en revanche, l'amour de complicité, est une invention moderne liée à la longévité artificielle de l'espèce humaine et à la longue scolarité qu'on impose à nos enfants. L'illusion nécessaire à cette étape n'est pas programmée par la biologie, mais elle emprunte les mécanismes qui existent dans le cerveau pour assurer les liens sociaux. Nous construisons durant notre vie des amitiés qui forment la base de notre tissu social, et l'amitié entre deux partenaires sexuels dépend pour partie de ce type de lien, et pour partie du lien créé par l'attirance et l'activité sexuelles. Les mécanismes hybrides entre les vestiges de l'amour biologique et le lien amical sont ténus, mais permettent l'installation d'une illusion basée sur le rôle de chacun dans une sorte de pièce de théâtre commune. On écrit la pièce ensemble, au fil des premières rencontres, et ainsi d'un commun accord on s'attribue les rôles qui permettent à chacun d'être à l'aise et de croire en l'illusion. Le parfait amour est constitué en réalité de deux illusions parallèles qui ne se gênent pas. Mais la vie continue, et il suffit parfois d'un changement de travail, de rencontres, de lecture ou de toute autre influence pour mettre en danger la cohérence de la mise en scène. L'illusion, par définition fragile, prend alors un coup de gîte et n'est plus crédible pour l'un ou l'autre des partenaires.

Bien sûr, si les deux acteurs sont d'accord pour réajuster les règles du jeu, ils peuvent reconstruire l'illusion, et c'est bien ce qui se passe quand il existe une contrainte sociale importante qui incite à la durée. Mais ce réajustement exige aussi une certaine dose de cynisme, et en général la nature de l'illusion n'admet pas le cynisme, on ne peut admettre qu'on jouait une pièce de théâtre ensemble, sinon l'illusion disparaîtrait. Non, la démarche la plus facile en cas de faille visible consiste en l'abandon de la pièce. Pour la plupart des individus il semble préférable de continuer la quête de « vrai » lien avec un nouveau partenaire, plutôt que de regarder son ancien partenaire dans les yeux et d'y lire la tromperie.

Dans mon cas, et dans l'immédiat, était-il possible de récupérer mon mari et de le resituer dans notre jeu, de telle sorte qu'il puisse bénéficier à nouveau des élans de tendresse, des poussées de désir, des frissons de joie et de la détente d'esprit que ma présence autrefois provoquait chez lui ? En fait, nous savons que les critiques que l'on porte sur l'autre n'ont rien à voir avec la raison fondamentale de la rupture : lorsque l'illusion est brisée, on trouve que rien ne va plus et, dans notre cas, les reproches concernant son désir d'enfant ou ma propension à analyser notre couple n'étaient en réalité que des prétextes. Quand ça ne marche plus, les caractéristiques de l'autre qu'on trouvait si charmantes deviennent des prétextes à agacement. Comme le cerveau lui-même est dupe de ses propres arrangements, notre seul moyen de résoudre les nouvelles données est d'accuser l'autre de tromperie : « il/elle a caché sa vraie nature ».

Mais en tant que biologiste de l'amour, je savais fort bien qu'il existe une motivation puissante capable de pousser un individu à briser l'illusion de son couple, à l'issue de la période d'amour passionnel. Mon mentor, celui qui le premier avait identifié les mécanismes cérébraux de l'amour, avait écrit dans un de ses articles scientifiques que l'être humain est un « monogame sérial ». Certes, notre biologie nous contraint à rester avec le même partenaire le temps de la reproduction, y compris les premiers mois de vie de l'enfant, mais la sélection naturelle, apparemment, ne possédait pas les moyens d'imposer l'amour sur une durée plus longue. Un ami préhistorien m'avait décrit un jour la vie d'une femme lambda, qui vivait il y a cent mille ans. Elle commençait sa vie reproductive vers l'âge de quinze ans, pour accoucher d'un enfant par an jusqu'à sa mort, aux alentours de vingt-cinq ans. Elle perdait un enfant sur deux avant l'âge de deux ans, ensuite encore un sur deux quand ils approchaient de neuf ans, ce qui, apparemment, constitue une étape difficile du développement. Il se peut que l'homme et la femme de cette période n'étaient pas des « monogames seriaux », plutôt des partenaires à vie, mais il faut reconnaître que « L'Amour pour Toujours » n'avait pas le même sens pour eux. Leurs conditions d'existence ne permettaient pas aux forces motrices de l'évolution de mettre en place des mécanismes biologiques capables d'induire un comportement amoureux sur soixante ans, par conséquent notre comportement « naturel » nous libère du pacte amoureux pour – éventuellement – changer de partenaire tous les trois ans environ.

Ces réflexions me poussaient vers une conclusion difficile. Mon mari, de toute évidence, était déjà en train de formuler de nombreuses critiques à mon égard. Quelque chose avait dû secouer le cours tranquille de notre couple, et ma science m'enseignait que la raison la plus probable était la promesse d'une nouvelle partenaire. Quelle sirène avait donc enchanté mon David ?

Il attendait ma réponse, les sourcils et le menton levés. Je ne voulais pas entrer dans la gravité d'une discussion qui allait s'imposer sous peu. Je réagis au premier degré :

– Tu sais, David, on est dans un paradoxe…

Déjà il secouait la tête avec un soupir. Je passai outre.

– … Je ne suis pas « anti-nature », c'est toi qui l'es. Tu dis que je nous empêche de suivre notre destin biologique parce que je ne veux pas faire d'enfant à 42 ans. Une femme qui fait un enfant à 42 ans, c'est à peu près aussi naturel qu'un champ de maïs transgénique ou des piqûres de Botox. La dure réalité de la vie fait que mon destin biologique reproducteur est loin derrière moi, et si tu veux aujourd'hui qu'on fasse des enfants ensemble, on sera très probablement obligés d'avoir recours à la fécondation in vitro, un processus que je ne qualifierai pas exactement de « naturel ». Pour faire « naturel » on aurait dû faire des enfants à seize ans, alors ne m'accuse pas de déjouer le naturel, on fait tous ça. Dis-moi plutôt pourquoi tu ressens tout d'un coup cette envie irrésistible de paternité ?

– Je ne sais pas. Depuis quelque temps ça me travaille.

– C'est « ça » ou c'est ta mère qui te travaille ?

Pourvu que ce soit sa mère ! Le « ça » serait sans doute jeune et jolie.

– Oui, d'accord, t'as raison, ma mère en parle beaucoup.

Je savais que sa mère s'ennuyait. Elle avait arrêté de travailler depuis un an et n'avait pas beaucoup d'imagination ; elle ne risquait pas de se lancer dans la traduction intégrale de *L'Énéide* comme d'autres en rêvaient. J'ai eu une bouffée de colère en pensant qu'elle considérait que je devais changer de vie pour lui fournir un hobby, avant de me rappeler que ce n'était pas le problème central.

– Mais toi ? Tu as vraiment envie d'un enfant ? Maintenant ? Qu'est-ce qui a pu rendre sympathiques à tes yeux ces petits êtres égoïstes et dépendants ? Tu ne pourras plus faire de vol-à-voile, ni manger dans des trois-étoiles tous les week-ends ni passer tes soirées dans tes clubs de dégustation.

Il a rougi.

Ça voulait dire quoi ? Est-ce qu'en fait il passerait ces fameuses soirées ailleurs que dans des clubs de dégustation (c'est vrai, c'était tout récent) et de cinéphiles ? Dans ce cas ça n'avait rien à voir avec sa mère ; une autre femme avait dû lui proposer une autre vie. J'ai ressenti une lourdeur au niveau du cœur. Je comprends pourquoi on pense qu'on aime avec le cœur, les émotions fortes provoquent une sensation (plus anxiogène que douloureuse) assez diffuse au niveau de la poitrine. La boule m'étouffait, et m'empêchait de parler. Mon silence l'a gêné, poussé à s'expliquer :

– Ecoute, Lisa, ce n'est pas seulement ma mère. Tu ne trouves pas qu'on est allés jusqu'au bout des plaisirs futiles ? Ça me paraît stérile maintenant les repas, le vin, les planeurs. J'ai l'impression de rater ma vie. Je pense qu'il doit y avoir autre chose.

– Tu crois qu'un enfant va te combler ? Tu veux qu'on fasse un enfant maintenant ? Vraiment ? Tu crois que le fait de répondre aux exigences d'un être qui fonctionne uniquement selon ses instincts de survie va te donner l'impression que ta vie a un sens ?

Il m'a regardée. D'abord il a tourné la tête, pour que son regard ne soit pas frontal. Un regard en coulisse. Un regard inamical qui me disait que j'étais loin, très loin de ses vraies préoccupations. Un regard qui disait aussi que de toutes façons il n'avait aucune envie de les partager avec moi.

– Bon, j'ai une soirée au club de dégustation.

– Quoi, tu vas sortir maintenant ? Tu ne crois pas qu'on a des choses à se dire, qu'il faudrait s'expliquer ?

– Non justement, je crois qu'on n'a plus rien à se dire.

OK, on était donc à fond dans le stéréotype. Des dialogues écrits d'avance par des générations de monogames sériaux qui ne pouvaient se dire la vérité, prisonniers d'un comportement amoureux si fondamental qu'il est inscrit dans le code génétique.

En fait, autant le comportement amoureux n'est plus du tout mystérieux ni magique pour les neurobiologistes, autant les mécanismes et les raisons du désamour restent pour l'instant non seulement inexpliqués mais aussi illogiques. On comprend tout à fait que la nature n'ait pas mis en place un comportement amoureux qui dure vingt ans si aucun facteur de l'évolution n'exige une telle durée, et donc que la passion amoureuse s'estompe avec le temps. Ce qui est moins compréhensible, c'est le basculement vers le mépris, voire la haine quand l'amour s'arrête. Serait-ce un mécanisme destiné à promouvoir la multiplication des croisements génétiques dans les petites communautés qui existaient pendant la période préhistorique ? Ou un simple effet secondaire de l'illusion amoureuse, une réaction salutaire du cerveau qui, ne pouvant intégrer dans son fonctionnement redevenu normal les libertés d'interprétation qu'il a prises concernant son amoureux, l'oblige à fabriquer un coupable ? Quoi qu'il en soit, on constate que, même s'il s'agit de l'amour « amitié », plus durable que l'amour fou, on est dedans ou on est dehors. L'illusion fonctionne, ou ne fonctionne plus. Et plutôt que de tomber dans l'indifférence, on passe de l'amour à la haine.

– Oh.

Je ne savais pas quoi dire. Je me refusais tout autant à participer à une conversation préfabriquée, qu'à contribuer à aggraver la situation. Et je n'étais pas davantage inspirée par la phrase drôle, légère et en même temps conséquente qui l'aurait de nouveau relié à moi.

– Ne m'attends pas.

Voilà des paroles bien menaçantes. Les choses avaient pris une tournure dramatique en l'espace de vingt-quatre heures ; rien dans la journée d'hier ne laissait présager ce qui venait de se passer. Ou alors, je n'avais rien vu de l'évolution de ses sentiments, préoccupée que j'étais par mon aventure professionnelle. Maintenant que j'y réfléchis, la dernière fois qu'on avait fait l'amour, date de quinze jours au moins. C'est vrai que j'avais été contente qu'il soit diverti par des invitations pendant que je passais mes soirées à installer mon cabinet. J'avais laissé aller les choses, et maintenant j'allais devoir réagir.

5

Comment le cerveau reptilien préfère rester à l'ombre

Le lendemain matin j'ai été réveillée par un appel de Macy. En arrivant au cabinet, elle avait trouvé Danielle sur le pas de la porte et en grande détresse. J'ai dû la rejoindre d'urgence sans réveiller mon mari.

Mon premier rendez-vous était déjà installé dans la salle d'attente, et Macy était en train d'expliquer au téléphone que je n'avais pas de disponibilité avant quinze jours. Le bouche-à-oreille avait l'air de fonctionner et l'engouement pour cette nouvelle approche des problèmes du couple était très encourageant, même si les preuves de l'efficacité restaient à venir. Il est vrai que le couple est une entité complexe que nous avons tous du mal à comprendre ; combien de conversations de comptoir avais-je entendues qui se terminaient par ce constat désespéré et très actuel : l'homme et la femme ne sont pas faits pour vivre ensemble.

Danielle n'était pas du tout dans cette mouvance, ce matin-là. Son visage blême, ses lèvres pincées, ses cheveux gras et sa tenue négligée traduisaient des émotions pénibles. Je me suis assise en face d'elle, et en rapprochant mon fauteuil j'ai posé ma main sur son bras.

– Qu'est-ce qui s'est passé ?

Elle ravale un sanglot et son regard chavire.

– Allons, parlez-moi, je vais vous aider. Vous êtes venue me trouver, c'est bien. Racontez-moi maintenant. Pourquoi tant de peine ?

– Non, vous ne pourrez pas m'aider, c'est impossible, tout est ma faute, je suis ridicule. Excusez-moi.

– Bien sûr que non, vous n'êtes pas ridicule...

– Vous ne comprenez pas ! Je me suis rendue ridicule. C'est pour ça que je suis si mal. J'ai gâché toutes mes chances, il ne me regardera plus jamais. D'ailleurs je n'ai plus envie qu'il me regarde, tout est fini.

Je lui tenais la main, et après une pause, elle a levé la tête pour me regarder dans les yeux.

– Je voulais suivre votre conseil, vous savez, avec le sexe. Je me disais que ce n'était pas la peine d'en parler pendant des heures, qu'il suffisait de mettre le projet à exécution.

Voilà ! Elle avait voulu brûler les étapes et obtenir l'effet escompté par des moyens approximatifs. Elle avait pensé que sa seule bonne volonté suffirait à provoquer dans le cerveau de son mari des élans de désir et de tendresse. Le fait d'en avoir parlé avec moi avait suscité un tel enthousiasme et une telle foi en ma méthode que le travail lui avait paru facile.

Elle m'a raconté la raison de sa détresse. Après notre première discussion elle avait été emballée, au point effectivement d'oublier le travail nécessaire pour trouver une accroche dans le cerveau cible masculin (celui de Paul bien sûr) ; elle n'avait retenu que le message technique concernant l'utilisation du sexe pour ranimer l'intérêt de son mari. Au lieu de s'appliquer au travail de détective qui allait lui permettre un accès astucieux et fin aux désirs les plus secrets de Paul, elle s'était lancée dans un effort artisanal.

J'ai fini par comprendre qu'elle avait imaginé une mise en scène porno digne d'un club de ménagères désœuvrées. Elle refusa tout d'abord d'entrer dans les détails, mais je lui expliquai que son approche et les réactions de Paul seraient utiles à la recherche de stimuli qu'on avait prévue. J'ai amorcé la confidence par quelques questions, et tenté de banaliser un jeu qui lui paraissait maintenant grotesque :

– Vous aviez prévu une tenue sexy ?

– Oui, j'ai acheté des dessous, des bas-jarretières et des bottes montantes à talons.

Lors de ses deux visites, Danielle portait des mocassins plats et des jupes au-dessous du genou, difficile de l'imaginer en dominatrice sur des talons de dix centimètres. Mais bon, il ne faut préjuger de rien dans le domaine nébuleux de l'image de soi.

– Et vous vous êtes présentée comment ? Dès son arrivée ? Dans la chambre ? Comment ça s'est passé ?

– Eh bien, après notre entretien, hier, j'ai décidé d'aller acheter tout ça, puis je suis rentrée à la maison vers dix-sept heures. Je l'ai appelé à son cabinet pour voir à quelle heure il allait rentrer, mais il n'était pas là. Apparemment il avait annulé ses rendez-vous de l'après-midi. J'ai trouvé ça bizarre, mais j'ai tout préparé quand même.

– Tout préparé ? C'est-à-dire ?

– J'ai pris un bain et j'ai mis les dessous et un peignoir, j'ai allumé des bougies parfumées, j'ai fermé les volets et j'ai posé les… euh, les accessoires sur le lit.

– Les accessoires ?

– Mais oui (ton quasi accusateur) les menottes et le fouet.

– OK. Et après, qu'est-ce qui s'est passé ?

– Eh bien, j'ai attendu un certain temps, il n'est rentré que vers sept heures et demie.

J'aurais voulu savoir ce qu'elle avait fait « en tenue » pendant tout ce temps.

– Et quelle a été sa réaction en vous voyant ?

– Il a tout regardé pendant un moment, et il a dit « comme c'est drôle », et puis il est sorti de la chambre.

– Et ?

– Après je me suis rhabillée, j'ai tout jeté dans un sac-poubelle, et j'ai trouvé Paul devant la télé en train de regarder les actualités, un verre de vin à la main.

– Et vous en avez parlé ?

– Je lui ai demandé où il avait passé l'après-midi et il m'a dit qu'il avait eu des affaires à régler. À part répondre à mes questions, il ne m'a pas parlé.

Ce qu'elle me racontait n'était pas très rassurant, mais je ne savais rien de leur vie sexuelle.

– Pourquoi avez-vous choisi ces bottes et ces accessoires ? Ils avaient une connotation particulière pour vous ?

Elle regardait par terre, elle sembla hésiter pendant de longues secondes, puis s'est livrée de nouveau :

– Oui, c'était dans un film ; un personnage, une femme, devait se prostituer et elle avait les bottes, les menottes et le fouet. Quand on est sortis du cinéma, Paul m'a dit que ce personnage avait beaucoup de courage. Je voulais qu'il voie que j'étais prête à tout pour le reconquérir, et qu'il me trouve moi aussi très courageuse.

Je tombai de haut. Ses propos m'ont mise en état de choc. J'ai pris mille précautions avant de parler pour ne montrer ni mon désarroi ni ma déception. Elle pensait de toute évidence qu'une manifestation de désespoir pourrait ranimer l'envie amoureuse de son mari, ce qui montrait bien que toute notre conversation d'hier n'avait servi à rien. Elle avait compris qu'on allait consolider le lien amoureux par le biais du sexe, mais elle avait orchestré une situation dans laquelle elle devait attirer son homme en faisant pitié plutôt qu'envie.

– C'est vrai, vous avez été courageuse. Ça n'a pas dû être facile d'aller toute seule dans un magasin pour acheter les bottes et les « accessoires ».

Là aussi, il semble, j'étais loin du compte :

– Non non, ne croyez pas ça, ce n'était pas le moment le plus difficile. J'ai eu affaire à un vendeur fort sympathique qui faisait vraiment tout pour me mettre à l'aise. Peut-être même que j'y retournerai pour acheter d'autres choses aussi, mais (avec un regard timide) ne me demandez pas lesquelles.

– Lesquelles ?

Avec enfin un petit sourire elle a sorti de son sac un catalogue, et m'a montré ses projets d'achats. Décidément, il ne faut jamais juger les gens sur les apparences, c'est bien connu, et ne jamais réduire les fantasmes sexuels aux stéréotypes.

– Quand vous me montrez tout ça, je suis étonnée.

– Je ne voulais pas vous les montrer, vous avez insisté (en rougissant).

– Non, non, pas de vos choix, très bien, très intéressant (le moins que l'on puisse dire, d'ailleurs).

– Quoi alors ?

– Si vous avez envie de tout ça, pourquoi avez-vous limité votre « show » pour Paul à cet extrait de film désespéré et triste ? Pourquoi ne pas lui en avoir fait profiter ?

– Parce que je le faisais pour lui, pas pour moi.

– Mais pourquoi croyiez-vous que votre scène allait lui plaire ?

– Je pense toujours qu'il attend de moi des choses qui ne me ressemblent pas.

Les indices concernant ses tendances testostéroniques me revinrent en mémoire. Elle avait réprimé sa nature dans son jeu de rôles, ce qui avait dû la rendre peu crédible. Ceci ne faisant qu'accentuer un problème plus fondamental.

– D'accord, mais pensez à notre objectif ! Je ne crois pas qu'une mise en scène soit la bonne solution, car ce qu'on peut mettre en scène est déjà avouable et valorisant. Nous devons essayer de tirer profit des sensibilités ancestrales ancrées en nous. Notre comportement sexuel est basé sur des éléments que l'homme moderne « sexuellement correct » veut chasser de sa conscience, alors il faut aller titiller son subconscient pour les faire fonctionner, mais sans qu'il s'en aperçoive. Si on lui montre qu'on est au courant de ses fantasmes les plus efficaces, mais les moins montrables, il aura honte et en sera inhibé. Tenez, pour vous aider à comprendre, imaginez la situation inverse, comme si Paul devait vous attirer par une accroche basée sur un de vos fantasmes. Réfléchissez ! Prenez-en un : on va même dire le moins osé, et essayez d'imaginer la scène chez vous. Aurait-il même les possibilités matérielles de la faire ? Auriez-vous même envie qu'il soit au courant de ce genre de chose ? La plupart du temps c'est inavouable.

Elle portait son regard vers la fenêtre, mais ses yeux étaient vides, au loin, et elle n'a pas répondu.

– Faites-moi confiance ! Il ne s'agit pas de créer un tableau théâtral, mais de trouver la clé d'une compréhension réciproque non dite.

Mon idée résidait en la possibilité de reconstruire l'illusion dans la mosaïque décousue du désamour par le biais d'un catalyseur qui ne parle qu'à l'inconscient. Danielle sortait de son état semi-hypnotique :

– Donc, qu'est-ce que je dois faire maintenant ?

– Ne faites rien sans moi, on continuera ensemble, mais il faut absolument que je voie Paul, on ne peut pas être complices unilatéralement, il faudrait qu'il se prête aussi à l'analyse neurobiologique.

– Vous allez nous faire une analyse du cerveau ?

– Ne vous inquiétez pas, ce sera indolore. Comment procède-t-on pour votre mari ? Vous lui en parlez, ou je le fais appeler par Macy pour un rendez-vous ?

– Ah oui, il vaut mieux le contacter directement. Excusez-moi d'être venue sans prévenir.

Elle est partie beaucoup plus détendue qu'à l'arrivée.

Ma patiente suivante voulait savoir que faire de sa vieille maman retombée amoureuse à l'âge de quatre-vingts ans. Quant à celle d'après, âgée de trente ans, elle s'inquiétait de savoir si elle trouverait un jour l'amour !

6

Comment montrer au reptile que l'on sait où il se cache

J'ai fini les consultations dans un état d'esprit optimiste : il existe après tout beaucoup de cas que l'on peut résoudre avec des explications simples, des décodages, des recommandations comportementales et des messages d'espoir. Après le départ de ma dernière patiente je me suis assise dans un fauteuil pour me détendre, mais rapidement mes pensées se sont tournées vers Danielle.

Le fantasme sexuel est considéré aujourd'hui comme un sujet frivole, de bas étage, indigne d'une tête bien faite issue du système éducatif du XXIe siècle. Les premiers livres qui rapportaient la fréquence et le type de ces phénomènes, les fameux *Kinsey Reports* de 1948 et 1953, ont valu une réputation de déviant malsain à leur auteur principal. Il me semble, d'ailleurs, qu'il n'a pu écrire ces livres que parce qu'il était zoologue, portant ainsi un œil analytique sur l'homme « animal » et faisant abstraction de toutes les constructions protectrices que l'homme judéo-christiano-musulman a mis entre lui et le monde de la nature.

Les choses n'ont pas beaucoup changé depuis cinquante ans, et l'espèce humaine n'aime pas qu'on lui rappelle ses origines. La femme victorienne, qui espérait « que cela ne se sache pas » quand Darwin a décrit notre liaison étroite avec les grands singes, exprimait les sentiments non seulement de sa génération mais aussi de toutes celles qui ont suivi. Les chercheurs qui s'efforcent de rappeler les principes de la survie du plus fort comme seul moteur de notre évolution se font traiter de vils réductionnistes, comme si on avait raté « l'essentiel » de l'homme. Souvent j'ai essayé de me faire expliquer cet « essentiel », ce surplus de biologie, cette âme arlésienne, mais personne n'a encore trouvé les mots ou les démonstrations capables de me faire partager ces certitudes ; on m'offre au plus des « il y a plus que ça » qui me donnent l'impression d'être la seule obstinée qui refuse de voir les vêtements de l'empereur.

Dans un tel contexte, je devrais être satisfaite que tant de personnes soient prêtes à venir exposer leurs problèmes amoureux à une analyse quasi zoologique. Sans doute en désespoir de cause. Comment expliquer, en termes de raison, les conflits et contrariétés, les infidélités à répétition et la lassitude qui gagne tout couple ayant pourtant commencé avec la ferme intention de se supporter pour le meilleur et pour le pire ? Et même en se trompant plusieurs fois de suite ! J'étais sûre, d'ailleurs, que Paul pourrait discourir aisément sur la mise en scène ratée, trouvant des significations et des interprétations à souhait, mais il n'empêche que le fait le plus marquant le concernant était son choix d'ignorer les tentatives de sa femme pour retrouver son regard désirant.

Aurait-elle pu faire mieux ?

Danielle ne correspond pas au stéréotype féminin : la littérature scientifique (car il existe une littérature scientifique sur la question des fantasmes sexuels dont la timidité est largement compensée par l'abondance) décrit des cas de femmes masculines et d'hommes féminins. La masculinité est évaluée par certains caractères physiques, des goûts alimentaires et vestimentaires et le comportement. On pense que le taux de testostérone circulant chez le fœtus dans les treize premières semaines de grossesse peut modifier certains circuits du cerveau, donnant une aptitude plus grande pour les maths et la musique et une approche plus entreprenante pour des aventures sexuelles. Mais l'enfant qui sort de l'utérus est un tableau blanc avec juste quelques cases remplies, et les goûts et les couleurs préférés de l'adulte qu'il deviendra dépendront de la réussite ou de l'échec des stratégies qu'il mettra en œuvre pendant toute sa vie. Une madeleine trempée dans une tasse de tisane n'est pas a priori un stimulus adéquat pour provoquer une sensation appuyée de bonheur, sauf si par le passé ce stimulus a été associé à un état émotionnel intense. Nous sommes inhibés ou poussés par notre passé à chaque instant, et il est très difficile de nous en défaire, car nous n'avons pas d'idées précises sur les stimuli, les périodes de développement, les émotions ou les stratégies qui comptent le plus dans la refabrication permanente des circuits du cerveau. Le travail qui consiste à détricoter son passé pour faire ressortir les faits saillants qui nous ont façonnés est encore très artisanal, sans garantie de résultats.

Comment aborder le cerveau de Paul ? Par quelle porte pouvait-on y entrer pour changer le regard qu'il construit sur sa femme ? Il ne fallait pas le choquer par des révélations inattendues. J'étais très préoccupée par cette question, retournant dans ma tête les divers questionnaires et échelles qu'utilisent les psychologues pour évaluer la personnalité pendant que je préparais mes affaires pour partir.

En sortant de mon bureau, j'ai trouvé Macy au téléphone. Elle a rougi en me voyant, et très rapidement, avant même que j'arrive devant elle, a posé le combiné.

– Tiens ! Un admirateur ?

– Euh... en fait oui, je crois, mais je voulais te demander justement, qu'est-ce que ça veut dire « Red dingue » ?

– Oh, raide dingue, ça veut dire « j'ai envie de coucher avec toi ».

C'était une traduction un peu fantaisiste pour les mots, mais juste concernant l'état d'esprit.

– Qui, Macy, a envie de coucher avec toi ?

Je pensais qu'il s'agissait d'un étudiant, l'un des nombreux qui fréquentaient les cafés des environs. Moi-même, il n'y avait pas si longtemps, j'étais encore la cible des approches classiques : « Je suis sûr que toi tu es Sagittaire » ou alors « Je sais qu'on s'est déjà vus, mais je me rappelle pas l'endroit »... Malheureusement pour moi, la vérité allait tordre le cou à mes souvenirs.

– Ecoute, je l'ai pas cherché, je n'ai rien fait pour, c'est arrivé malgré moi...

Son air coupable a aussitôt fait tilt dans ma tête encore pleine de ses préoccupations.

– Ne me dis pas que c'est Paul ? Le mari de Danielle ? Un de mes patients ?

– Je t'assure, je ne l'ai pas cherché.

– Qu'est-ce qui se passe exactement ? Tu es sortie avec lui ou quoi ?

– Rien de grave, je veux dire que suis juste allée déjeuner avec lui le jour de l'ouverture, et depuis il m'appelle souvent.

– Macy, oh Macy, comment as-tu pu attirer quelqu'un qui est venu ici avec sa femme pour des conseils conjugaux ? C'est quand même le comble pour mon cabinet : le tout premier patient en plus !

– J'essaie de te dire que je n'y suis pour rien ; c'est lui qui cherchait.

D'un coup j'ai compris le problème. Je lui ai parlé plus calmement :

– Il faut que je t'explique quelque chose dont tu ne t'es pas encore rendu compte et qui pourra te servir. Ici, nous sommes dans un pays différent du tien, et cela implique bien plus que des différences de langage et d'habitudes alimentaires. Il existe des coutumes et des rites propres aux Français, des habitudes et des manières différentes des nôtres. Et l'une des choses flagrantes, que tu ne pourras pas manquer de constater rapidement, concerne ce qui est acceptable ou non pour flirter.

– Mais je ne flirtais pas !

– Voilà ! Parfaite démonstration de ce que je voulais te dire.

– Mais quoi ?

– Aux États-Unis, pour un homme moyen, le seuil d'intérêt qu'une femme doit exprimer pour faire comprendre qu'elle est intéressée est très élevé. Même souvent, chez les Anglo-Saxons, il faut insister lourdement pour montrer qu'on est attirée, et pour qu'il ose nous inviter à boire un verre sans risques d'être rejeté.

Je me disais qu'il existe une indifférence au rejet chez les Français, alors que ce risque semble paralyser les Américains et les Anglais.

– Mais je n'ai pas insisté du tout !

– Attends ! Je t'ai dit que le seuil était beaucoup plus élevé chez les Anglo-Saxons, mais j'aurais dû dire incomparablement plus élevé. Dans les pays latins, il suffit d'un regard.

– Ah oui, un regard ? OK. Je suis obligée de l'avouer : je l'ai regardé.

– Et tu lui as souri ?

– Bien sûr, par politesse, pour le mettre à l'aise.

– Oui, pour toi c'était ça. Pour lui ce sourire signifiait un appel de ta part.

– Donc tu veux dire qu'il faut que j'arrête de sourire aux hommes.

– Franchement, oui ! Quand on est à Rome, il faut faire comme les Romains. Prends modèle sur les Françaises : les Anglais ont tendance à dire qu'elles font toujours la tête, mais en réalité elles évitent des avances permanentes en limitant les signaux d'attraction.

» Ce qui nous mène à une deuxième différence culturelle importante : tu sais que les aventures extra-conjugales ne sont pas jugées si sévèrement ici que chez nous.

– Oui, je sais, je connais des plaisanteries là-dessus. Tu sais, « Combien de Français faut-il pour changer une ampoule ? »...

– Je ne veux pas savoir.

Je n'étais pas d'humeur à plaisanter, en pensant aux efforts de séduction de Paul : je me disais que ce n'était pas une si bonne « joke » que de faire l'amour avec une jeune fille qui avait la tête remplie de romance et de projets de vie à deux, juste pour assouvir un instinct de plaisir passager. Il fallait décoder, non seulement la différence de langage entre la Méditerranée et le Nord, mais aussi entre le mâle et la femelle.

– Oui, voilà Macy. Quand Paul te dit qu'il est raide dingue de toi, et que tu l'interprètes comme le début d'une histoire d'amour, il faut savoir que dans sa tête à lui, ses propos ne l'engagent qu'à un après-midi.

– Mais toutes les histoires d'amour commencent comme ça. Tu le dis toi-même.

– C'est vrai, seulement on tente beaucoup plus de premiers pas ici. On admet que le sexe peut se faire juste pour le « fun », et ne pas signifier forcément chaque fois qu'on s'investit dans une vie à deux pour le long terme.

J'étais mal à l'aise. Une jeune fille de vingt ans ne voit pas les choses comme une femme ayant connu une longue histoire de couple, et qui par conséquent connaît la musique. À vingt ans on rêve encore de l'histoire d'amour parfaite et je n'avais pas envie de briser ce rêve, malgré tout mon cynisme, car au moins pendant la durée du rêve, on connaît les instants parmi les plus merveilleux de notre existence. Il faut à tout prix préserver la possibilité de rêver.

– Quels sont tes sentiments pour lui ?

– Ne t'inquiète pas, je ne suis pas « raide dingue ». Mais enfin, il ne me laisse pas indifférente : il a l'air très fiable.

– Macy. C'est un de mes patients, et mon métier exige certaines règles de conduite. Danielle me fait confiance pour l'aider dans une situation difficile. Tu dois comprendre que je ne peux garder au cabinet un élément qui perturbe les couples que je reçois ?

– Bien sûr que non, je suis désolée. Je me sentais un peu seule et il s'est intéressé à moi. Je ne le verrai plus.

Il était quand même intéressant de noter ses impressions. Paul était grand, bel homme, avec une voix grave et forte et une attitude imposante : tous les aspects physiques d'un mâle tout juste sorti de notre grotte ancestrale symbolique (génétiquement parlant, j'entends). J'ai profité du remords de Macy pour glaner quelques informations utiles pour mon étude.

– Très bien. Il t'a parlé de ses problèmes ?

– Il n'a parlé que de lui ; ses exploits, ses collections, ses victoires sur ses collègues psychanalystes dans des colloques.

Une confirmation de plus : un homme typique, nanti de tous les stéréotypes du genre. Il avait fait la démonstration de ses compétences selon le critère de sélection primordial chez les hommes, c'est-à-dire son rang élevé dans la hiérarchie du groupe.

– Et il n'a rien demandé sur toi ?

– Oh, il m'a sondée pas mal pour savoir si j'avais un petit ami.

Mais bien sûr. La prédominance.

– Il t'a parlé de son enfance ? Son éducation ?

– Ses parents étaient pauvres et il avait dû se battre pour arriver à ce qu'il est.

– C'est drôle, je n'ai jamais rencontré quelqu'un qui me dise devoir beaucoup à ses parents et au bonheur d'être né dans un pays riche.

– Oh, t'es sévère – on se compare à ceux qui nous entourent et il y en a toujours de plus privilégiés.

– Il faut que je le revoie pour avancer dans mon approche neurobiologique. Tu préfères que ce soit moi qui l'appelle ?

– Non non, il vaut mieux que je recadre les choses pour ne pas qu'il croie toujours avoir une chance. Je lui dirai que je ne veux plus sortir avec lui, et comme ça il viendra se concentrer sur ses rapports avec sa femme.

– Il t'a parlé d'elle ?

– Certes. Entre deux « moi je » il m'a dit « moi je n'aime plus ma femme ».

À quoi bon ? Je m'efforçais de sauver les meubles pour des gens qui préféraient vivre dans des cartons. Au moins je pouvais me rassurer en voyant que Macy portait un regard objectif sur la situation ; je n'étais pas obligée de m'inquiéter pour sa sérénité, mais il est vrai que cela ne serait pas arrivé si je m'étais davantage occupée d'elle.

– Il faudrait que tu rencontres quelques jeunes pour te montrer Paris.

– Où est-ce que je vais les trouver ? Ici je ne vois que des couples, et par-dessus le marché ils sont vieux, puisqu'ils ne sont plus amoureux.

– Un jour tu verras, quand tu connaîtras l'amour, qu'on ne laisse pas allègrement s'éteindre de tels instants. Tout le reste après cela ressemble à de la survie. S'il existe une chose à laquelle il vaut le coup de s'accrocher, c'est bien l'amour. Allez, arrête tes idées noires, je ne t'ai toujours pas emmenée au labo. Là tu verras des jeunes, même s'ils ne sont pas tous recommandables.

J'avais besoin de voir mon jeune collègue, Alex, pour décider d'un plan d'action : d'une part, il fallait qu'on expose le point vulnérable, excitable et exploitable du système de motivation d'un certain Paul, et d'autre part il devait m'aider à retrouver la sympathie dans les yeux de mon mari.

– Viens, tu vas rencontrer quelqu'un qui adore notre pays.

En fin de compte, il y eut du pour et du contre dans cette démarche. Naturellement, au bout de cinq minutes Macy et Alex se sont découverts amis intimes avec de nombreuses connaissances en commun aux États-Unis. L'épisode « Paul » était déjà oublié. En revanche j'ai eu du mal à retenir l'attention d'Alex ; j'ai essayé de lui parler de mon problème privé pendant l'absence de Macy, partie chercher une deuxième fournée de pâtisseries :

– Je voudrais qu'on réfléchisse ensemble à une reprogrammation de l'amygdale de mon mari, Alex...

– Elle a quel âge, Macy ?

Une amygdale peut en faire oublier une autre. Avec un soupir :

– Elle n'a que 22 ans.

– Regarde comme elle envoie des vagues de phéromones dans l'air dès qu'elle se déplace.

– J'y suis totalement insensible, pauvre chimpanzé !

– Ah, voilà une idée, tu as raison de me rappeler les choses essentielles de la vie amoureuse, je vais lui proposer une banane, tu verras...

Elle est arrivée avec une assiette tellement chargée que je me disais qu'il faudrait une banane en or blanc et diamants pour l'émouvoir. J'aurais dû penser que l'astuce du mâle devant une femelle attirante est naturellement décuplée, et, surtout, que la femelle attirante peut aussi être attirée et sauter sur n'importe quelle offrande.

– Si tu veux, Macy, on peut prendre le café dans mon bureau, j'ai des chocolats expérimentaux qu'on peut goûter.

– Expérimentaux ?

– Avec des teneurs différentes en phénylamine.

Je n'ai pas pu m'empêcher d'intervenir, tellement c'était gros :

– Non, mais, qu'est-ce que tu ne ferais pas pour avoir des stocks de chocolats gratuits ? Tu les as essayés ?

– C'est assez aphrodisiaque.

– Oui, mais si tu t'en sers comme appât à jolies filles, tes résultats sont forcément biaisés. Il faudrait que tu fasses un groupe témoin. Invite quelques filles que tu ne trouves pas attirantes pour voir si ton regard change après le chocolat.

– Non, je préfère le faire pour le fun. Je ne pourrai jamais publier les résultats, trop d'arbitraire. Alors Macy, ça te tente, une petite manip informelle ?

– Oh je veux bien goûter, pourquoi pas ?

Je me demandais s'ils se rendaient compte de tous les sous-entendus contenus dans leurs propos ; sans aucun doute c'était inconscient. En tout cas ils m'ont laissée seule devant mon café et mes réflexions : un moment propice pour formuler un plan d'action. J'attendrai Alex pour parler des échelles d'évaluation qui pourraient éventuellement révéler le type de fantasme qui anime Paul, mais il fallait que je réfléchisse aussi à mon problème personnel.

J'ai pris mon café et je suis retournée dans mon bureau, histoire de faire un bilan de la situation. De quels leviers pouvais-je disposer pour ramener un regard pétillant et amical dans les yeux de mon mari ? J'étais déterminée : je trouverais la synapse défaillante et j'y rétablirais la connexion. J'ai eu mon petit moment Scarlett O'Hara : demain serait un autre jour, je prendrais les choses en main et tout irait mieux.

7

Comment amadouer une amygdale

Certaines ont de tendres pensées pour le torse musclé de leur amoureux, pour ses yeux au regard intense ou pour ses bras protecteurs, moi je me suis efforcée de rester focalisée sur un petit noyau de neurones dans le cerveau de mon Darling qui me permettrait, je l'espérais, avec la manipulation adéquate, de retrouver la position de favorite dans ses réflexions.

L'amygdale.

Cette sentinelle du cerveau est celle qui décide si celui qui nous approche est ami ou ennemi. Celle aussi qui change le regard de la maman ratte sur les petits ratons après la mise-bas. Celle qui fait comprendre au cerveau à la fin de notre histoire d'amour que l'ex-amoureux est maintenant *persona non grata*. Il semblerait que l'amygdale soit sensible à l'ocytocine, et qu'une manipulation adéquate transformerait des « indésirables » en « hautement fréquentables ». Exactement ce qu'il fallait cibler pour retrouver un regard accueillant chez un homme vacillant.

J'étais entourée de vingt articles scientifiques sur le sujet quand Alex est arrivé dans mon bureau, les yeux étincelants.

– Elle est extraordinaire, Macy !

– C'est vrai, lui répondis-je, l'air sévère, elle a deux seins bien pleins, des cheveux brillants et une taille très fine. Tout ce qu'il faut en fait pour animer tes voies sensorielles dont l'acuité a été aiguisée à souhait par la production de récepteurs à ocytocine en quantités phénoménales...

– Arrête, ce n'est pas comme ça !

– C'est comment alors ?

– Elle est divine, vraiment à part...

– C'est celle que tu attendais, quoi.

– Mais c'est vrai.

– C'est le chocolat qui t'a fait tourner la tête ?

– Pourquoi tu te moques comme ça ? T'es jalouse ou quoi ? Méfie-toi de ne pas devenir une vieille aigrie. Ce que je ressens pour Macy est au-dessus de tes histoires d'ocytocine. Je suis fou d'elle, je crois bien que je n'ai jamais connu de tels sentiments...

– Exactement, et là es-tu capable de me dire si elle vote à droite ou à gauche ?

Pendant que je lui faisais cette démonstration de la folie aveugle de l'amour biologique, je subissais en même temps des vagues de nostalgie. Nous aussi avions connu ce bonheur fou. Même après, quand on avait passé le stade où on fait l'amour trois fois par jour dans des endroits improbables, on avait connu une longue période d'accompagnement paisible et amical. C'était agréable de partager ses sentiments et ses réactions avec quelqu'un qui les comprenait parfaitement. Réconfortant. Mais j'avais laissé aller les choses comme si la complicité était acquise pour toujours : quelle imbécile ! Je l'avais laissé seul pendant que je m'occupais de mes projets. Il fallait que je pense à mon propre couple avant de proposer de l'aide aux autres.

– Excuse-moi, Alex, t'as raison, mon coco, profite, profite !

C'était tout ce qu'il y avait à faire dans un cas pareil ; profiter du moment. Même si le moment est fugitif, on ne peut rien faire pour en prolonger l'euphorie, sa durée est limitée par les propriétés thermodynamiques des récepteurs qui le provoquent dans le circuit de récompense : ils se désensibilisent.

– … Mais est-ce que tu veux bien revenir sur terre juste le temps de faire tourner ton cerveau logique autour de mon problème ?

– Ah oui (il survolait d'un œil amusé les articles sur mon bureau) : « La MDMA fait libérer de l'ocytocine », je vois que tu es vraiment désespérée. Tu ne vas pas le droguer tout de même ?

– Euh, non, enfin sauf si rien d'autre ne marche.

– Avant d'en arriver là, essaie juste le fromage le soir.

– C'est un truc de Français ? Un fromage différent pour chaque nuit de l'année ?

– Tu ne connais pas le coup du fromage le soir ? C'est magique ! Le tryptophane, tu sais !

Bien sûr. Nos neurotransmetteurs : la sérotonine, la dopamine, l'adrénaline, sont des éléments très simples en fait, fabriqués dans les neurones à partir des acides aminés qu'on mange dans les protéines. La sérotonine se construit en deux temps trois mouvements à partir du tryptophane, et la dopamine à partir de la tyrosine, mais le fromage, surtout les vieux fromages au goût très fort, contient beaucoup de tryptophane. Comme il se trouve que les acides aminés doivent être transportés à travers la barrière hémato-encéphalique, on crée un déséquilibre dans les quantités transportées pour obtenir ainsi une hausse rapide et temporaire du taux de sérotonine dans le cerveau pendant qu'on dort.

– C'est pour ça que le fromage donne des cauchemars ?

– Oui, mais il y a beaucoup plus intéressant que ça : pas mal de gens tentent le coup parce qu'on peut avoir des rêves très divertissants, si tu vois ce que je veux dire.

– Des rêves érotiques ?

– Par exemple.

Il m'a fait un clin d'œil, mais je n'ai pas répondu à sa provocation ; je réfléchissais.

– Mais évidemment, il faut manger juste le fromage avec un peu de pain le soir avant de se coucher ; si tu mélanges avec d'autres aliments, il n'y aura pas le même déséquilibre dans le transport des acides aminés, ni les mêmes effets.

– Oui, c'est facile au moins, et pas très risqué.

– C'est sûr qu'il vaut mieux ça que de lui donner de l'ecstasy. Sinon, il faut que tu pratiques un peu de reconsolidation.

– Quoi ? Tu veux dire de mémoire ?

– En quelque sorte. J'ai lu un papier qui raconte que le taux d'ocytocine augmente pendant le comportement de séduction, tu sais, tous ces petits gestes qui montrent à l'autre qu'on est intéressé…

– Oui, le fait de toucher le bras, de se pencher vers lui, de sourire, je sais tout ça, mais la reconsolidation ?

– Figure-toi que dans ce papier, quand on faisait raconter aux sujets leur rencontre, en se rappelant tous ces détails, ils sécrétaient davantage d'ocytocine. Une sorte de refixation des circuits qui lient les indices concernant le partenaire aux circuits du plaisir. Une façon de rappeler à son cerveau l'amour qu'on ressent pour lui ou elle. Il faudrait que tu évoques avec lui tes premières rencontres.

– Oui, au cours d'un petit souper impromptu au fromage, par exemple.

– Parfait !

– Dis-moi donc, Alex, comment peux-tu discuter méthode et astuce avec moi sur mon comportement amoureux et penser en même temps que le tien ne doit pas faire l'objet d'analyses ?

– Ne recommence pas avec ça. C'est trop précieux ; je crains que le moindre faux pas ne fasse disparaître mes sentiments et les siens. Trop de bonheur. Mais pour toi, je vais te dire…

Il avait l'air très sérieux tout d'un coup. Grave.

– … David et toi, vous allez bien ensemble, c'est une belle histoire. Toi qui crois si fort aux mécanismes biologiques de l'amour, tu devrais faire confiance à ta biologie. Sois naturelle, laisse-toi aller. Il faudrait juste que tu passes un peu plus de temps près de lui pour permettre à tous ses systèmes, si bien huilés, de fonctionner.

– Donc pas la peine que je ramène des échantillons de phéromones pour arroser son oreiller ?

J'essayais de le faire sourire ; il avait une mine triste quand il était sérieux.

– Ne sois pas ridicule, tu as dépassé depuis longtemps le stade des phéromones. Ce sont tes phéromones personnelles qui lui plaisent : la seule chose que tu pourrais espérer en les manipulant, ce serait de le repousser.

– C'est vrai, les phéromones ne sont sûrement pas l'élixir de l'amour, juste un laissez-passer dans le meilleur des cas, et la plupart du temps leur rôle est d'avertir, de signaler les associations peu souhaitables.

– Maintenant que tu le dis, je suis assez d'accord. En tout cas ça confirme mon opinion sur l'inutilité d'en mettre. Essuie plutôt tes aisselles sur l'oreiller, c'est la seule chose qui pourrait être efficace.

Le gentil Alex a mis son bras sur mes épaules ; il faisait partie des hommes « modernes », peu testostéroniques, à l'écoute de l'autre, empathiques et dotés d'une personnalité optimiste ; Macy avait de la chance.

– … mais tu m'as prescrit juste une petite soirée en tête à tête avec des bougies autour d'un plateau de fromages. « *Not exactly rocket science* », comme on dit chez nous.

– Sois simple. Les recettes les plus anciennes et les plus utilisées sont généralement les plus efficaces. Arrête un peu de réfléchir. Laisse aller la nature, vis dangereusement !

Dangereusement, peut-être pas, mais disons qu'on promène notre cerveau dans des zones d'influence peu prévisibles, et que l'on doit en supporter les conséquences. L'image à l'ancienne d'un cerveau « ordinateur » en contrôle d'un corps « machine » reste toujours bien ancrée et difficile à combattre, et même si maintenant on admet que le cerveau reste plastique bien au-delà de l'enfance, on n'a pas encore pris la mesure de sa faculté à modifier son activité et ses circuits en fonction de ce qu'on appelle couramment « l'environnement ».

On change l'activité du cerveau avec nos aliments, la musique, les conversations, le regard des autres, les films, les livres, les émotions partagées ou les parfums. Entre autres. Mais autant on admet facilement que les drogues peuvent changer l'activité du cerveau en bloquant ou en stimulant des récepteurs aux neurotransmetteurs, autant on a de la difficulté à admettre que le même genre de processus opère quand on écoute de la musique ou quand on participe à une conversation avec une amie. De telles activités touchent de trop près ce qu'on considère comme notre intelligence supérieure. Ne touche pas à mon « moi ». « Moi » j'aime Mozart, les Beatles et Bach et « Moi » j'ai des idées très fermes sur l'énergie nucléaire et le racisme. Mais « Moi » je suis paradoxal, car autant je trouve le créationnisme ridicule, même risible, autant je ne supporte pas non plus la solution de Darwin qui me dit que « Moi » je suis le résultat de l'interaction de mes gènes avec mon environnement, tout simplement. Non, « Moi » je veux que mon identité soit « au-dessus » des considérations biologiques.

Mais moi, j'attribuais autant d'importance à l'évocation des bons souvenirs avec mon mari qu'aux effets promis du fromage, et je partais avec l'idée de tout mettre en œuvre pour changer la situation.

8

Comment nos rêves nous ramènent à notre réalité

Je ne me suis pas contentée d'un plateau de fromages standard du supermarché : j'ai décidé d'investir substantiellement par le biais de la sélection d'un grand fromager. Je suis partie du magasin avec des échantillons, enveloppés comme des bijoux, de tout ce qu'il y a de plus odorant dans la production laitière du continent européen. J'en salivais d'avance.

La seule imprécision dans ma mise en scène était l'heure d'arrivée de David. J'ai dû attendre un peu, un retard d'une heure par rapport à ses habitudes, mais j'ai profité de la circonstance pour jouer celle qui n'avait rien prévu, et qui préparait un pique-nique impromptu. Il aime beaucoup le fromage et s'est jeté dessus avec enthousiasme, ce qui m'a permis d'entamer une conversation amicale.

– On va bientôt fêter nos treize ans de mariage, tu ne veux pas qu'on marque le coup ?

– Je croyais que tu n'aimais pas organiser de grandes fêtes.

– Je pensais plutôt à une fête intime ; juste nous deux. On pourrait aller dans ce nouveau restaurant à Bordeaux, et coucher à Saint-Emilion.

– Oui. Si tu veux.

– Et toi, tu veux ?

– Je viens de te le dire.

– T'as pas l'air trop convaincu.

Oh *dear*, les choses se dégradaient très vite, et entièrement par ma faute. Au lieu d'être conciliante, je virais agressive. Quelle imbécile ! Reprenons :

– Enfin, je veux dire, on s'était tellement amusés la dernière fois, quand on a fait la tournée des grands châteaux. Je pensais que tu sauterais sur l'occasion.

– Oui, c'est vrai, d'ailleurs je ne me souviens de rien après le quatrième château : c'était toujours rive droite, non ? Je n'ai aucun souvenir du Médoc. Il faudrait commencer la prochaine fois par la rive gauche.

– Il n'empêche qu'on était tellement heureux qu'on a rempli la cave pour cinq ans.

– Euh pas tout à fait ; il ne reste plus que quelques Sauternes. D'ailleurs tu sais qu'un Sauternes irait formidablement bien avec ces fromages, ils sont tous très forts. Tu veux ?

Le vin doux ne faisait pas partie du protocole. Je ne savais pas s'il exacerberait ou diminuerait les effets du fromage. Je n'avais pas trop le choix : David était maintenant bien impliqué dans ma mise en scène et je ne pouvais pas faire tomber l'ambiance en refusant.

– Bien sûr, bonne idée. Surtout si on va bientôt renouveler les stocks.

Thank goodness, l'humeur était revenue au beau fixe. Il fallait juste continuer dans la lignée puis attendre les effets magiques de l'excès de tryptophane que l'on était en train de s'administrer. Il est revenu avec une bouteille poussiéreuse sur laquelle il a commencé le rituel de la cérémonie d'ouverture.

– Il a l'air sublime, non ?

– Oui et il va flatter à souhait ton Stilton.

– Tiens, je t'en prépare une tranche.

Une tranche bien épaisse et succulente. Il versait le vin délicatement avant de le déguster avec une envie évidente de le trouver très bon. Il l'était, et il soutenait parfaitement les fromages forts. Soudain, à notre deuxième verre, j'ai ressenti une légère crainte en me rappelant les propos de Shakespeare concernant l'alcool : « il augmente le désir mais il diminue les performances ». Il ne fallait pas que mon plan échoue après tant de considérations théoriques et de soins, à cause d'une panne bêtement mécanique. Je ne pouvais pas non plus le mettre en garde sans révéler mes espérances et donc ma mise en scène. La seule façon de l'empêcher de trop boire était de participer moi-même très largement à la consommation de la bouteille, ce qui a un peu surpris mon mari :

– Il te plaît vraiment ce vin. Tu as raison, il faut qu'on retourne là-bas très vite.

J'ai ri ; j'étais hilare à cause des effets du vin sublime

mais aussi de l'anxiété de réussir mon expérience. Il m'aurait lu l'annuaire que j'aurais ri. J'ai fait des efforts de conversation pour rester du bon côté de l'ivresse :

– Et ce parmesan, tu l'as goûté ? Il est granuleux comme tu m'aimes…

Houps, petit lapsus. De toute évidence je ne pouvais pas passer une soirée aussi lourde de conséquences sans d'une manière ou d'une autre dévoiler mes espoirs. L'inconscience m'empêchait d'être la grande manipulatrice du projet, ce qui était sans doute pour le mieux ; il me souriait.

– Oui, tu es bien granuleuse, et c'est vrai que je t'aime.

– Vraiment ? Je me posais des questions depuis quelque temps.

– Oh, mais il faut bien reconnaître que tu te poses facilement des questions.

– Il le faut, non ? Tu trouves ça anormal ?

– Disons que quelquefois on devrait laisser faire, juste être présents pour que les choses puissent se passer comme il faut.

C'était l'essence de ce qu'Alex m'avait dit. Il est vrai que notre connaissance des processus de l'attachement est trop imparfaite pour les maîtriser. Il faut intervenir de façon minimaliste si l'on veut donner une chance de réussite, et laisser faire les forces contenues dans maints détails de notre biologie. Le premier pas, la bonne volonté ou l'intention positive sont peut-être les seuls éléments manipulables, car l'amour est un jeu entre deux cerveaux impliquant de nombreux cycles d'interrogation et d'approbation à plusieurs niveaux. Les phéromones s'interrogent mutuellement ainsi que les odeurs et l'analyse de la forme du visage et du corps, mais également, par le biais de la conversation, les goûts, les valeurs, les priorités. C'est un jeu qui ne se termine jamais, les individus qui jouent ensemble changent en traversant la vie, ce qui implique le renouvellement constant des divers points d'attachement.

David, à présent, me regardait avec des yeux étincelants : son amygdale avait tourné en ma faveur.

– On va se coucher ?

Je me suis levée pour le précéder, bien joyeuse mais en me tenant à la table pour m'équilibrer.

– Tu vas bien ?

– Jamais mieux.

On a semé nos vêtements entre la cuisine et la chambre ; ballet moderne en quelque sorte que j'ai accompagné en chantant « *You can leave your hat on* », grand classique de Tom Jones. David s'est installé sur le lit pour admirer mes derniers effeuillages et a applaudi de tout son corps quand je me suis lancée sur lui dans un geste d'abandon qui se voulait gracieux.

En m'endormant, bien plus tard, j'ai eu un petit sourire secret dans le noir en pensant au fromage. En revanche, quand je me suis réveillée à quatre heures du matin, en sueur, je souriais moins : je venais de faire un cauchemar affreux qui m'a tellement troublée que je n'ai pas réussi à me rendormir. Je me suis levée dès six heures, j'avais hâte de partir au labo pour trouver Alex et lui raconter le déroulement de l'expérience, surtout la deuxième partie. J'ai laissé un mot d'amour pour David et me suis enfuie en faisant très attention de ne pas le réveiller.

J'ai trouvé Alex au travail dès sept heures du matin, en train de défaire une électrophorèse bidimensionnelle :

– Salut, oui, ne prends pas cet air étonné : j'ai lancé la manip de bonne heure hier pour pouvoir partir avec Macy, et donc j'ai dû venir tôt ce matin pour l'arrêter.

– Ah oui, comment ça s'est passé avec Macy ?

– Ne me pose aucune question, espèce de chacal des sentiments. Je suis l'homme le plus heureux du monde, c'est inespéré, je suis…

Tout à coup il s'est arrêté dans son discours extravagant comme s'il se rappelait qu'un autre monde tournait toujours :

– … Mais toi au fait, comment il a aimé ton fromage ? Et pourquoi es-tu ici si tôt au lieu de rester au lit toute la matinée pour profiter des excès de tryptophane ? La soirée ne s'est pas bien passée ?

– Si, si, ne t'inquiète pas ; le début de soirée s'est merveilleusement bien passé, même si je crois en l'occurrence qu'une bonne bouteille aurait fait l'affaire. Enfin, le fromage m'a permis de faire un lapsus qui a beaucoup contribué à dégeler l'ambiance, donc de toutes façons pour notre couple c'était une manip très réussie.

– Alors, où est le problème ?

– C'est que j'ai fait un cauchemar qui m'a beaucoup perturbée. J'en suis encore toute secouée. C'était probablement un effet aussi du fromage.

– Oui, ça aussi c'est le tryptophane, c'est sûr. Tu as souvent des cauchemars ?

– Jamais. Mais celui-là m'a laissé un souvenir effroyable, l'équivalent de cent cauchemars.

– Alors, c'était quoi ? Raconte !

– OK. J'étais au cabinet de consultation avec Danielle. Elle était très gaie, très heureuse, mais au lieu de me mettre à l'aise, son bonheur avait un côté menaçant et très forcé. En plus, elle portait un rouge à lèvres violet, alors, quand elle souriait, elle montrait des dents vilaines et très jaunes qui transformaient son visage en sorcière.

– Oh, pauvre Lisa, tu commences à te sentir manipulée par tes patients ? On voit bien que tu n'as pas souvent des cauchemars si une si petite bricole arrive à t'effrayer.

– Attends ! C'est bien plus que ça.

– Pardon ! Vas-y, je t'écoute.

Il avait fini d'extraire le gel mince et fragile entre les deux plaques de verre, et le regardait distraitement flotter dans la solution de coloration. J'avais toute son attention.

– Eh bien, elle tenait une conversation tout à fait mondaine avec son visage caricaturé et très animé, et puis, au bout d'un bon moment et à propos de rien, elle m'a dit : « Au fait, vous m'aviez dit que nos problèmes venaient probablement de la constitution génétique de mon mari concernant ses récepteurs à ocytocine, n'est-ce pas ? » Je lui ai répondu : « C'est en effet une possibilité, il se peut que le câblage de son cerveau par le biais des récepteurs le rende plus sensible à l'attraction de la nouveauté. » Et là, elle a approché sa tête de la mienne, et elle a souri comme le Joker dans *Batman*, puis elle m'a chuchoté : « À présent vous allez pouvoir vérifier votre hypothèse ; j'ai un beau cadeau pour vous », et elle a sorti d'un cabas la tête de son mari.

– Oh là là, en effet !

– Non mais, ce n'est rien de le dire, tu aurais dû voir la tête de Paul qu'elle brandissait devant moi avec du sang séché partout. En plus, c'était comme s'il me regardait : il avait une expression de moquerie.

Je voyais qu'Alex ne prenait pas mon histoire au tragique. Ses yeux riaient et il prit un mauvais accent viennois pour me dire :

– Fouss êtes troublée ? Allongez-fous et dites-moi pourquoi ce rêve fous trouble ?

– Non mais, Alex, qu'est-ce que ça veut dire ? Tu crois que je suis trop interventionniste ? Je vais détruire quelque chose en essayant de les aider ?

– Si tu veux jouer aux interprétations sauvages on peut tout envisager. Y compris le fait que tu es profondément persuadée que ton approche mécaniste est trop simpliste et qu'en réalité il existe des « forces mystiques » derrière les processus de l'amour.

– Si tu veux bien retirer un mot aussi peu doté de sens que « mystique », je te dirai volontiers que les processus de l'amour resteront toujours intimement liés aux deux cerveaux impliqués dans la formation de l'attachement. Un cerveau humain est forcément différent de tous les autres cerveaux humains à cause de cette propriété de plasticité qui le rend adaptable à son environnement. Plus on avance dans la vie, plus on crée un cerveau unique qui dépend non seulement du génome du porteur mais aussi de l'environnement dans lequel il a promené son cerveau depuis tout petit.

– C'est évident. Sachant en plus que les échanges de messages concernent de multiples systèmes conscients et inconscients, l'ensemble est incontrôlable.

– Incontrôlable mais pas inexplicable.

Il a fait une grimace monstrueuse pour me rappeler la source de notre conversation en répondant :

– Même si on dispose d'une tête toute fraîche d'homme infidèle pour une panoplie de manips.

– Honnêtement, c'était moins la tête de Paul que celle de Danielle que j'ai trouvée effrayante dans le cauchemar. Elle avait une telle expression de faux bonheur doublé de désespoir que j'ai éprouvé une crainte de ce qu'elle serait capable de faire.

– Oui, comme par exemple couper la tête de son mari. Je pense simplement que ton rêve reflète la pression que tu t'infliges pour trouver une solution à leur problème.

– Hmmm. Possible. Alors il faut que tu m'aides à trouver la bonne formule.

– Qu'est-ce que tu comptais faire ?

– J'ai proposé à Danielle de faire une étude de personnalité et de sujets « significatifs » pour chacun qui nous permettrait de trouver quelques mots clefs pour percer leurs fantasmes sexuels. L'idée est de créer une situation artificiellement pour leur permettre de retrouver une complicité sexuelle et ainsi relancer les processus physiques de l'attachement.

– Intéressant ! Et Danielle est d'accord avec ça ?

– Oh elle est tellement d'accord qu'elle a déjà fait une tentative sauvage de mise en place, qui d'ailleurs a probablement beaucoup retardé le processus.

– Raconte !

– Elle s'est mise en scène en prostituée pathétique avec tenue et accessoires. Ça n'a pas ému son mari, mais si je comprends bien, il avait passé l'après-midi avec Macy, et son centre d'intérêt sexuel s'était déjà déplacé. Je pense que même transformée pour la journée en Pénélope Cruz, la pauvre Danielle n'avait aucune chance de le reconquérir ce jour-là.

– Mais avec Macy, il s'est passé quelque chose ?

Je ne résistai pas à une petite réplique sarcastique sur ses réflexes de mâle possessif :

– Tu as raison, c'est ça qui est ici au cœur du sujet.

– Non, mais c'est important pour moi.

– Je sais, tu es déjà sujet aux accès de jalousie qui viennent en éclaireurs nous signaler les prémices d'une immense histoire d'amour. Aurais-tu la gentillesse d'oublier cinq minutes tes affaires personnelles pour penser à mon problème professionnel ? Le début d'une histoire d'amour n'a aucun intérêt : c'est stéréotypé, programmé dans nos gènes. C'est le parcours d'un couple à long terme qui devient plus intéressant. Comment réconcilier deux êtres qui sont arrivés au terme d'un engagement biologique, sans le savoir. C'est peut-être le plus grand défi de l'homme contre la nature qui existe dans le monde moderne, et par manque de compréhension, il le réduit à une série de scènes de ménage sordides.

– Oui, d'accord, c'est bon, mais pour Macy et Paul ?

– Oh non, ce n'était rien. Une simple confusion dans les codes transculturels.

– Elle ne va plus le voir ?

– Figure-toi qu'il faut impérativement qu'elle le revoie pour les besoins de mes consultations. Je lui ai demandé de le convoquer pour la prochaine séance, et je voudrais justement, Alex chéri, que nous avancions ensemble dans le choix des outils d'investigation que je vais lui appliquer. Comment vais-je bien pouvoir percer les envies secrètes de notre cobaye ?

Alex, de toute évidence, avait beaucoup de difficultés pour faire abstraction de ses instincts de mâle jaloux. Il était au stade très délicat de la préparation de son gel d'électrophorèse : il devait l'extraire de la solution de rinçage et le placer sur un film. En pensant à son rival, il a mal contrôlé ses gestes et le bord du gel s'est déchiré. Ce n'était pas trop grave pour ses résultats, il s'agissait d'un endroit sans migration de protéines, mais la contrariété l'a poussé à se mettre en colère :

– Tu prêtes trop d'importance aux accès de libido de ce vieux bouc. Il n'a rien d'original, il sent une jeune biche et il fonce dessus. Fin de l'analyse.

– Oui, c'est très fin en effet. Je suis aveuglée par la brillance de ton savoir, merci pour ton aide.

– Eh bien quoi ? À force de vouloir analyser les gens et les situations, il ne faut pas oublier les choses basiques. Plutôt que de mener vingt tests pour comprendre ce qui va l'attirer chez sa femme, dis-toi bien qu'il restera un obstacle de taille qui empêchera tes astuces de marcher tant qu'il côtoiera Macy. Cherche des éléments pour le dégoûter d'elle et il se retournera naturellement vers sa femme. Temporairement en tout cas.

J'étais toujours hantée par mon rêve :

– Lui couper la tête en quelque sorte.

– Finalement oui, ton rêve était symbolique, tu vois. Il faut trouver le moyen de le couper des stimuli excitants venant de Macy.

– L'empêcher de la voir, tout bêtement ?

– Sur le long terme, ça marcherait, mais Macy serait condamnée à supporter une période pénible pendant laquelle il chercherait à la joindre, à la voir… non, il faut trouver un moyen plus rapide et plus net. Non seulement pour une question de temps, mais aussi parce que si on arrive à le dégoûter d'elle, le vide affectif créé subitement dans son cerveau se comblera tout naturellement avec la femme disponible près de lui.

– Danielle.

– Et la vie est belle !

– Oui, et en particulier pour toi, Alex. C'est ta jalousie qui t'inspire. Je ne sais pas si je devrais avoir confiance en une stratégie basée sur un combat de mâles.

– Tu ne sauras pas résister quand je te proposerai un moyen facile, commode et peu coûteux d'y arriver.

– On dirait que tu as déjà passé du temps à penser à ce problème.

– Tu n'es pas obligée de me croire, mais ça m'est venu à l'instant, grâce à notre conversation d'hier sur les phéromones. Tu sais, tu disais que probablement les phéromones servent à trier les individus qu'on rencontre.

– Oui, c'est vrai. Plus sur des critères de rejet que sur des critères d'acceptabilité, c'est ce qu'on disait.

– Alors il suffit tout bêtement de trouver une phéromone qui déplaît à Paul et d'en badigeonner Macy. Elle deviendra instantanément un objet de rejet.

Son enthousiasme, me semblait-il, résultait davantage de l'espoir de se débarrasser d'un rival que du plaisir à tester une hypothèse scientifique. J'ai décidé par précaution de temporiser.

– C'est sûr que ce sera une expérience inhabituelle

pour elle. Mais ne crois pas que tes problèmes seront résolus pour autant : tu auras toujours à faire face à des rôdeurs sexuels avec quelqu'un comme Macy, et elle ne peut pas vivre dans un carcan chimique pour l'en protéger. D'ailleurs il n'est pas sûr qu'elle ait envie de perdre cette qualité attractive : elle l'a incorporée maintenant dans sa façon d'aborder le monde. Ce serait comme si tu lui faisais une lobectomie, ou tout autre type d'intervention sur les structures qui définissent sa personnalité. À manier avec beaucoup de précaution. Mais je vais y réfléchir ; on en reparlera.

Il me fallait du temps pour contacter Martha afin de la sonder sur cette idée qui, en réalité, me plaisait bien. Si on pouvait définir une phéromone adéquate, et obtenir l'effet escompté en une seule exposition, je pensais que Macy ne risquerait rien sauf de perdre l'admiration de Paul.

Je partis préparer mes e-mails ; j'étais tellement dans mes pensées que je n'ai même pas remarqué qu'Alex, tout en manipulant son gel, était en train de siffloter la mélodie de *The girl is mine*, vieux tube de Michael Jackson et Paul McCartney. Il est probable qu'il ne l'a pas remarqué non plus, et il est même possible que si on lui avait posé la question, il aurait nié de bonne foi toute connaissance des chansons de Michael Jackson.

9

Comment mener un cerveau par le bout de son nez

Alors que je me rendais à mon bureau, mon téléphone portable s'est mis à vibrer pour me signaler l'arrivée d'un message. C'était David : « J'adore tes soirées à thème gastronomique : j'apporterai des fruits de mer ce soir. » De toutes façons, fromages ou fruits de mer, tryptophane, iode ou alcool, qui pourrait désigner l'élément particulier qui avait marché dans la fête d'hier soir et transformé ainsi l'animosité en amour ? D'aucuns diraient que la bonne volonté est l'essence magique qui relance les circuits du désir. Qui veut peut. Mais la volonté résulte aussi d'un certain nombre de calculs par le cerveau. Quoi qu'il en soit, en attendant la prochaine crise (car après tout, nous n'avions pas encore abordé le sujet délicat de l'enfant), il fallait profiter des auspices favorables du présent pour préparer les moments difficiles du futur. J'ai envoyé une réponse : « Et moi l'entre-deux-mers », en espérant tout de même que le cauchemar ne ferait pas partie du programme cette fois-ci.

J'ai décidé ensuite de contacter Martha, l'autorité

mondiale en matière de phéromones, avec en tête une question bien précise : comment installer une barrière chimique entre Macy et Paul.

Il était encore tôt de l'autre côté de l'Atlantique, mais je lui ai envoyé un mail pour expliquer mon problème, et sa réponse est arrivée en quelques heures.

« Fais très attention, Lisa ! Tu sais comme moi que l'action des phéromones chez l'homme est encore contestée actuellement, car il est très dérangeant pour beaucoup d'imaginer que l'on puisse être influencé par des agents imperceptibles dans l'air. Même si nous sommes convaincus du contraire, grâce aux conclusions de nos travaux, il n'empêche que nous subissons l'influence de cette arrière-pensée ambiante qui nous suggère que les actions des phéromones sont imaginaires. Sois particulièrement vigilante sur leur utilisation, les phéromones changent le cours d'une vie. Ne te laisse pas piéger ! »

Sa mise en garde résultait sans doute des articles de presse qui la malmenaient depuis quelque temps. « Manipuler » les hommes à l'aide de la biochimie est un concept aux vieux relents de sorcellerie, et on voyait poindre dans les articles quelques réminiscences de procès médiévaux.

« Je ne sais pas si tu as vu ce mois-ci l'article qui montre que chez tous les mammifères il existe une connexion directe entre l'organe voméronasal et l'amygdale ? Les phéromones fonctionnent comme une sorte de balle magique qui pénètre le cerveau des autres et change radicalement leurs lectures, observations, appréciations, etc. »

En effet, je l'avais lu, et je lui en ai fait le commentaire, avant d'ajouter que justement c'était le genre de manipulation qu'on comptait mener à bien. À présent, tout en sachant qu'on allait trouver une phrase ou une action « clef » pour que Danielle puisse attirer l'attention de son mari, il nous fallait l'éloigner simultanément de l'objet sexuel qui avait commencé à le distraire.

« Il existe des phéromones universellement reconnues, mais ce sont généralement des molécules qui signalent des informations entre individus du même sexe ; par exemple les hommes se situent dans la hiérarchie du groupe par de nombreux signaux, y compris des phéromones. Les femmes se synchronisent dans leur cycle menstruel par le biais de phéromones. Ce genre de reconnaissance semble être inné avec des réponses neuronales stéréotypées programmées génétiquement. En revanche, il existe une deuxième gamme de phéromones que nous apprenons à apprécier ou à détester pendant notre développement : les réponses sont mises en place par conditionnement. On apprend ainsi à trouver agréables certaines phéromones typiques de nos parents, par exemple. Tout cela ne facilite pas ton travail, car tu ne connais pas la gamme de phéromones que Paul a appris à aimer ou détester concernant l'autre sexe. Tu seras obligée d'utiliser une phéromone connue comme étant un signal désagréable pour l'homme, mais ce sera une phéromone masculine obligatoirement.

Effectivement, cette solution semblait la plus simple. Jouer avec les phéromones féminines pour essayer d'influer sur l'attractivité, la désirabilité et la disponibilité serait délicat : une femme est toujours une femme et en tant que telle restera l'objet de désir pour un homme hétérosexuel. En revanche, brouiller les cartes en masquant la femme derrière des phéromones porteuses de messages spécifiquement masculins, voilà l'idée intéressante. Une transformation chimique temporaire de femme en homme ! Mais jusqu'à quel point ? Deviendrait-elle un objet de désir pour les autres femmes ? Pourrait-elle entrer dans le club des jeux de pouvoir au bureau et faire reculer toutes les limites ? Il se peut que je détienne ici l'outil rêvé des femmes d'affaires pour glisser sereinement dans le poste qui leur revient. Mais avant d'extrapoler il fallait réfléchir au problème de Paul.

J'ai demandé à Martha si elle pouvait recommander une molécule particulière pour situer Macy olfactivement dans un rôle sexuel très éloigné de son état naturel de jeune fille.

« Tu vas appliquer des phéromones masculines en fait, qui masqueront ses phéromones naturelles et la déguiseront en homme. Elles sont toutes à base de testostérone. Il y en a deux qui ont fait l'objet de recherches, et qui ont un effet très net... »

Elle m'a envoyé les formules des deux molécules en question, et m'a demandé de la tenir au courant des résultats. Je l'ai remerciée pour son aide, puis nous nous sommes mises d'accord sur une séance de debriefing le jour de l'expérience. Je crois qu'avec un petit encouragement elle serait venue sur place observer les effets, mais en multipliant les participants on aurait multiplié aussi les sources de confusion.

Alex avait invité Macy à déjeuner à la cantine, et je me suis imposée à leur table pour le café, afin de sonder Macy sur sa participation dans l'expérience. Je comptais sur les pouvoirs de persuasion d'Alex qui lui aussi avait intérêt à activer le bon déroulement des événements.

– Je vais t'offrir un parfum, ma petite Macy, qui va te changer la vie.

– Oui, Alex m'a expliqué ce que tu veux faire.

– Et tu veux bien ?

– Je suis même curieuse d'en voir l'effet.

– Tu n'y crois pas ?

– Disons que s'il suffit d'une substance incolore et inodore pour mettre fin aux grands discours passionnels qu'il m'a tenus, alors franchement je serais très déçue. Ça voudrait dire que l'amour n'est pas ce que je croyais.

Elle a jeté un petit regard en coin à Alex, avant d'exprimer ses craintes :

– Si on arrive à déclencher ou bloquer le sentiment amoureux par le biais d'une simple substance, ça veut dire que tous les discours, toute l'émotion que l'on ressent n'a pas de fondement solide. L'amour ne serait donc pas une communion d'esprits, une entente profonde ? Ce serait seulement superficiel ?

– Non, Macy, les choses sont plus compliquées que ça.

– Alors il faut que tu me l'expliques, parce que j'ai vraiment l'impression que la vie devient vide de sens. Comment peux-tu comprendre que quelqu'un te fasse des discours poétiques sur l'expression de tes yeux un jour, et le lendemain ne les regarde même plus, juste parce qu'il y a une substance dans l'air ? Ce que je ressens pour Alex…

Il a pris sa main et entrelacé ses doigts aux siens, tout en me regardant avec des yeux menaçants. Bon. Pas de soutien à attendre de ce côté-là.

– … va disparaître par enchantement ? Ce serait une pantalonnade alors, cette émotion qui nous travaille tant ? Je veux le savoir. Je veux vivre heureuse mon histoire d'amour et avoir beaucoup d'enfants.

– Et tu trouveras la réponse à tes inquiétudes toi-même en constatant que tu ne mets pas sur le même niveau ta relation avec Paul et celle avec Alex.

– Bien sûr que non !

– Tu ressens un attachement pour Paul ?

– Mais non !

– Tu comprends, en revanche, que Paul et Danielle ont construit sur plusieurs années un lien important ?

– Oui. Enfin, je n'en sais rien, il avait l'air de ne pas attacher d'importance à sa relation avec elle.

– Disons qu'ils connaissent une période de crise dans leur histoire d'amour, mais avec une gestion délicate et quelques manipulations on peut arriver à relancer leur lien affectif. Tu sais quand même que la vie à deux n'est pas un long fleuve tranquille ? Tu vois les couples autour de toi : ceux qui sont ensemble depuis longtemps ne passent plus leur temps à se tenir la main et à se regarder dans les yeux.

– Justement, je me demande pourquoi ils restent ensemble si c'est pour se critiquer en permanence.

– Oui, mais il faut savoir que tous ces couples ont commencé leur histoire comme toi et Alex, follement amoureux, sûrs de leurs sentiments l'un pour l'autre, et persuadés que leur amour durerait toujours.

– Si c'est une erreur, ils peuvent essayer de recommencer.

– Justement, c'est une tromperie collective, l'amour : tout le monde se trompe en croyant que la passion est faite pour durer toute la vie. Mais quand la passion s'arrête, il faut savoir faire la part des choses. La vie à deux, même sans folie, en compagnie d'une personne avec laquelle on a construit un lien, comporte beaucoup d'avantages, et il importe de ne pas lâcher la proie pour l'ombre.

– En bref, on doit choisir entre une nouvelle histoire de passion ou une sorte d'amitié.

– Une sorte d'amitié où on fait l'amour, et ce n'est pas un mince détail. Le lien avec l'autre est comme une capitale que l'on construit. Il y faut du temps, et dans la vie le temps est le bien le plus précieux : il ne faut pas allègrement rejeter un lien construit avec un partenaire seulement parce qu'il y manque quelques étincelles.

– D'accord, c'est vu, mais il vaudrait mieux montrer à Paul les avantages de Danielle plutôt que souligner mes désavantages.

– Les chemins de l'amour, jeunes amis, sont aisés au début, ardus vers le milieu et très faciles et agréables vers la fin. Le cerveau de l'homme est fait de telle sorte que la difficulté du parcours du milieu l'incite à regarder autour de lui pour voir s'il n'existe pas de chemin plus large, plus verdoyant et plus facile ailleurs. Pour Paul, on est obligé purement et simplement de barrer ce chemin facile si on veut qu'il persiste et parvienne à vaincre l'obstacle sur le chemin devenu difficile.

Alex buvait mes paroles, comme Macy d'ailleurs.

– Je suis donc le chemin facile ?

– Au moment où sa vie conjugale rencontre ses premiers défis, tu apparais comme la solution parfaite ! Une nouvelle relation comporte de nombreux éléments réconfortants et excitants, et pour beaucoup d'individus les conflits qui accompagnent une histoire d'amour en fin de passion paraissent inutiles, comparés aux avantages d'une nouvelle aventure.

– Donc, tu crois qu'un couple ne doit jamais choisir de se séparer ?

– Bien sûr que non. Je crois que chaque histoire comporte des éléments particuliers qui doivent être pris en compte. La personnalité de chacun, le changement au cours de la vie de chacun, les espoirs et les déceptions et puis les affinités et l'investissement ; le lien qu'on a déjà construit, qui fait de l'autre un allié sûr. Quelquefois il n'y a pas de lien : on vit côte à côte sans connaître les goûts et les ambitions de son partenaire – là on perd son temps.

– Et pour Paul et Danielle, le fait qu'il cherche une nouvelle copine ne démontre pas qu'il est dans ce cas ?

– Les caprices de Paul ne sont qu'un détail mineur dans le parcours de ce couple.

Macy avait l'air très choqué que je puisse attribuer si peu d'importance à une tentative d'infidélité, mais elle venait des États-Unis. Si le peuple français se caractérise par son insatisfaction perpétuelle et son âme révolutionnaire, les peuples américain et anglais, peu révolutionnaires, sont très versés dans l'hypocrisie.

– Les hommes et les femmes ne sont pas construits de la même façon : chaque sexe comporte des avantages et des inconvénients. Un des avantages majeurs de l'homme est le peu d'investissement demandé par sa biologie quand il se reproduit. Un spermatozoïde parmi les quelques milliards qu'il produit par jour, pas de grossesse, pas d'allaitement, et rien qui permette de démontrer que l'enfant est de lui. Son comportement a évolué aussi pour exploiter au mieux ces faits biologiques et un homme est motivé par ses neurones pour tenter, plus ou moins ardemment, de séduire autant de femmes que possible croisées sur son chemin.

Alex devenait furieux, et Macy avait les yeux ronds et la bouche ouverte de celle qui regarde un film d'horreur. Je suis allée quand même jusqu'au bout de mon propos :

– Au moment où l'homme tombe amoureux d'une femme, il connaît une modification des circuits de l'amygdale impliquant la dopamine ; sa curiosité sexuelle diminue et son regard ne se porte plus sur les femmes autour de lui. Cette réaction est aussi automatique que celle qui l'empêche de voir les défauts de sa partenaire par le tarissement d'une partie du cortex préfrontal. À la fin de la période d'amour fou, le refus de l'amygdale à admettre l'intérêt pour les autres femmes se termine, et ses yeux se tournent de nouveau vers la voisine. Cela ne veut pas dire qu'il doit automatiquement tromper sa femme, simplement que ça devient possible.

– Oh ! *my God !*

– Tu crois, Lisa, que c'était vraiment utile, tout ça ?

– Juste pour expliquer notre démarche concernant Paul. Juste pour dire qu'il ne s'agit pas de détourner une passion naissante, mais de donner une nouvelle chance au couple. Juste pour dire que ce qui arrive à Paul concernant son intérêt pour Macy n'a rien de bouleversant, et il s'agit d'y répondre de manière purement technique.

– Oui oui, pour Paul, bien sûr. Mais Alex ? Il va chercher à me tromper de cette même façon quasi automatique ?

Alex a pris le visage de Macy entre ses mains pour la regarder dans les yeux, après m'avoir adressé un message d'avertissement on ne peut plus clair, le visage crispé.

– Regarde-moi, Macy, tout ça ne nous concerne

pas, crois-moi ! Sois tranquille, notre histoire est différente.

– Il a raison, Macy, tout ce qui compte c'est ce que vous vivez en ce moment. Le reste n'est que de la théorie, et n'a rien à voir avec vos sentiments. Ne pense qu'à l'émotion.

Macy s'est arrachée à la transe induite par le regard de son amoureux :

– Tu veux donc que nous mettions en place une stratégie pour gommer un peu la biologie et imposer un peu la raison ?

– On peut le voir comme ça, en effet.

– Mais pourquoi utiliser des phéromones ? Je peux lui dire tout simplement que je n'ai pas envie de sortir avec lui.

– Parce que l'envie, ou le désir, est régi par des informations dans le cerveau qui ne sont pas sous contrôle conscient. De nombreux systèmes sensoriels entrent en jeu, mais celui qui paraît jouer un rôle central est le système olfactif, par le biais des phéromones. Pour obtenir un effet « instinctif » contre lequel il n'essaiera pas d'argumenter, il faut influer sur ce système inconscient.

– Il ne m'aimera plus, et il ne comprendra pas pourquoi ?

– C'est ça.

– C'est un peu vexant pour moi.

– Ah, si tu cherches à faire l'admiration de tous ceux que tu croises, tu vas trouver l'expérience difficile.

Ce fut au tour d'Alex de montrer des signes d'agitation, mais Macy a vite rectifié :

– Ça n'a aucune espèce d'importance, je me déguiserai chimiquement en chèvre si tu veux.

– Ce ne serait pas si original ; quelquefois j'en croise, des humains qui dégagent un fumet de chèvre !

L'ambiance s'est normalisée. Macy devait repartir au cabinet pour l'après-midi et je suis restée avec Alex. Je voulais discuter des phéromones à employer pour le rendez-vous de Paul et Danielle. Je lui ai laissé du temps pour s'extasier à propos des multiples mérites de Macy, puis trois minutes plus tard, préoccupée par le problème, je l'ai interrompu un peu brutalement :

– Je crois savoir comment nous y prendre pour couper la tête de notre ami Paul. Symboliquement, j'entends : une manière chimique de confondre les échanges d'informations entre lui et son environnement social.

– Et surtout entre lui et ma nouvelle petite amie. Il existe des phéromones dans le commerce, tu sais, peut-être qu'il suffit de trouver ce qu'il nous faut dans le catalogue des produits chimiques.

– Oui, j'ai déjà interrogé Martha, et elle m'a proposé celle-ci.

Je lui montrai la feuille imprimée avec la structure de la molécule.

– Oui, un vieil ami des chercheurs ; c'est celui qui a servi dans une expérience avec des sièges de toilettes. On en a beaucoup entendu parler dans la presse « grand public ». Tu te souviens ?

Il m'a regardée d'un un air interrogateur, tandis que je secouais la tête.

– Mais si, tu la connais, rappelle-toi ; il fallait que des hommes et des femmes choisissent entre des cabinets de toilette dont la moitié avaient été aspergés d'androstérone et l'autre moitié d'androsténol.

Les deux molécules étaient des dérivés de la testostérone. De nombreuses phéromones du monde animal destinées à signaler la disponibilité sexuelle ou le niveau social des mâles sont en effet très proches en structure des hormones stéroïdes sexuelles qui coordonnent déjà les fonctions de reproduction.

– Mais oui, je m'en souviens : les femmes n'ont pas eu de préférence tandis que les hommes ont évité l'androstérone.

– Eh bien il y a eu une publication en 2003 qui montre que l'androstérone exerce un effet d'attraction sexuelle pour les femmes et les hommes homosexuels mais repousse les hommes hétérosexuels.

– L'attraction sexuelle ? On avait dit qu'on allait viser plutôt une substance qui joue un rôle dans la hiérarchie des mâles.

– Oui, mais justement, je pense que quelque chose qui attire les femmes et repousse la plupart des hommes pourrait très bien être un signal de supériorité hiérarchique chez les mâles.

– Oui, ça paraît logique. Et je suppose que l'androstérone est disponible dans le commerce ?

– On en a déjà au labo, on comptait l'utiliser

comme témoin dans les expériences de comportement des échantillons de Georgiana. On a déjà fait des essais, ça marche bien !

– Repousse les mâles et attire les femelles ?

– Chez la souris, en tout cas.

À la fin de la semaine, nous devions partir pour le premier grand congrès international réunissant les membres de S.O.U.L. notre nouvelle société savante. Martha, Georgiana et bien d'autres seraient réunis pour écouter le rapport de notre expérience et donner leur avis. Je me réjouissais d'avance de pouvoir partager mes craintes et mes espoirs et surtout d'entendre les résultats de leurs propres tentatives de conseil ; la rumeur disait que certains membres d'une certaine famille royale avaient déjà fait appel à l'un de mes collègues.

10

Comment les actes disent plus que les paroles

On avait organisé le congrès en Floride, parce que ce « Sunshine State » est très proche d'Atlanta, le berceau des recherches sur l'amour, et que cette proximité nous assurait la participation des pionniers du sujet : mes maîtres et conseillers depuis toujours. Ils sont tous venus, accompagnés des scientifiques de passage chez eux, les « Visiting Professors ». Ceux-ci sont dotés des moyens nécessaires pour poursuivre leurs recherches dans le labo d'accueil, histoire de brasser les idées et les cultures entre gens de différentes disciplines.

L'un d'entre eux avait vécu une histoire peu ordinaire. Anthropologue, réputé brillant, il avait passé une grande partie de sa carrière à étudier un peuple du Pacifique afin de mettre en évidence le sens des rites culturels qui accompagnent les différents stades de développement du corps. Il avait vécu tellement longtemps dans ce village lointain qu'il y était considéré comme membre à part entière de la communauté, à un degré tel qu'on lui proposait de participer aux rites pour y jouer son rôle comme les autres seniors. Il se sentait bien intégré ; il n'était plus le « Blanc » venu pour observer et analyser, mais le vieil Andy, celui qui pouvait leur procurer des soins, qui leur apportait des couteaux, des haches et des stylos, et qui était toujours prêt à donner un coup de main. Il était apprécié.

Pendant la première année, il avait observé les rites et écouté les conversations avant et après pour saisir leur signification. Tout était lié à l'épanouissement des corps et à la fertilité, et les superstitions inventées pour assurer un fonctionnement sexuel optimal étaient nombreuses.

Au bout de deux ans, Andy a dû s'impliquer plus personnellement dans la vie du village quand une femme veuve lui a tendu son fils lors d'une cérémonie qui représentait l'équivalent de notre baptême. En effet, il fallait passer sous l'eau la tête de l'enfant, lui faire goûter du sel et passer son corps dans une flamme. La lumière jaillissant du feu, l'écho des tam-tams sur les collines, les chants et les visages sérieux ont fait éclore en lui une émotion inattendue et il a vu différemment cet enfant par la suite, le considérant comme un filleul très chéri. Dès lors il a systématiquement essayé de l'avantager ; dans les repas, les fêtes, les compétitions et les cours qu'il donnait, et tout naturellement Andy a joué le rôle de parrain à chaque « fête du corps » qui venait marquer un événement dans le rythme de vie du jeune homme.

Cette histoire aurait pu se limiter à la mise en place d'un lien affectif assez insolite pour nourrir les conversations de « dîners en ville » à Boston, mais il s'est passé quelque chose qui a soudain nui à Andy dans ce genre de soirées.

Le passage de l'enfance à l'adolescence est universellement reconnu comme le moment le plus significatif de la vie d'un(e) jeune, et dans toutes les cultures il existe des façons plus ou moins solennelles de marquer l'événement. Il se trouve que chez le peuple qui hébergeait Andy, et qui exalte le corps, les transformations majeures de la puberté étaient soulignées et louées au nom de la fécondité, et donc de l'espoir qu'elles apportent à l'avenir de l'espèce.

« La cérémonie de la semence retrouvée » qui avait lieu une fois par an, au printemps, imposait des semaines de préparation de boissons alcoolisées et de nourritures riches, impliquait la population entière et donnait un nouveau statut aux initiés. Elle symbolisait par des gestes et des chants le cycle de la vie et culminait en une chorégraphie, qui elle symbolisait la prise de responsabilité pour la survie par la nouvelle génération, et se terminait par une fellation pratiquée par les jeunes garçons sur les vieux.

Refuser d'y participer eût été blessant pour son filleul et lui aurait ôté sa future dignité dans la communauté. Andy s'est donc prêté avec le sérieux requis à la mise en scène et a transmis volontiers le devoir et le désir de reproduction aux générations à venir en quelques secousses, timidement recueillies par le nouvel étalon.

Cet épisode n'avait pas d'importance en dehors du vécu du groupe, et l'incident n'avait fait que renforcer le lien entre les deux hommes ; peut-être (et voici le paradoxe) est-ce à cause de cela qu'Andy est devenu ambitieux pour son filleul et l'a poussé vers un mélange explosif de deux cultures. Il l'a coaché pour qu'il puisse passer les examens d'entrée aux universités américaines et a fêté lors d'une soirée très anodine son entrée en médecine à Harvard.

Le jeune homme, grand, beau et très doué, excita beaucoup de curiosité sur la côte Est si conservatrice des États-Unis, et ses camarades ne se lassaient pas d'entendre les histoires de sa jeunesse dans un milieu si exotique, dangereux et naturel. Il leur a tout raconté sans gêne ni exagération, et un parent bien-pensant a averti les autorités des « pratiques perverses » entre Andy et son filleul, après quoi Andy a dû passer cinq ans enfermé dans une prison où il a pu longuement réfléchir sur le sens de la civilisation.

À sa sortie, il a commencé un long périple de nomade entre les laboratoires qui lui avaient gardé leur soutien et leur sympathie, et il continuait son travail sur le corps, et l'étude des manifestations culturelles qui le glorifient. Il avait donné quelques conférences très intéressantes sur les différences entre le désir et l'orgasme chez les hommes et les femmes, et j'avais très envie d'entamer une discussion avec lui dans l'intérêt de mes patients, mais il m'impressionnait beaucoup. Il aurait fallu qu'Alex m'accompagne, je savais pourtant qu'il faisait partie de ceux qui avaient critiqué son comportement en prônant qu'un anthropologue doit appliquer le principe de la rigueur scientifique *in situ* et rester simple observateur des événements.

– Alors, Alex, maintenant que tu sais ce qu'est l'amour, tu peux comprendre ce pauvre Andy.

– L'amour… Oui. Si tu veux.

– Ça va t'étonner, ce que je vais dire, mais après tout, l'amour est un sujet construit sur des paradoxes, à commencer par l'entente miraculeuse entre les deux sexes, donc écoute ceci… Quand les gens me disent que je réduis l'amour à un instinct biologique et qu'il doit y avoir « plus que ça ».

Il m'a regardé, un sourcil levé et la tête penchée sur le côté, pour me faire comprendre qu'il était heureusement surpris que je tienne compte de telles critiques.

– Figure-toi que l'exemple d'Andy illustre bien la « chose » en plus.

– Je sais que tu vas dire « la culture ».

– Oui, ce n'est pas parce qu'on a pu décrire les mécanismes du lien en se servant du cerveau du campagnol que l'attachement chez toutes les espèces ressemble à celui du campagnol.

– Les campagnols ne s'adonnent pas à la fellation, tu as entièrement raison.

– Je suis sérieuse.

Alex illustrait ses propos par quelques mouvements maladroits de « pattes » et de langue. Je riais malgré moi devant l'image évoquée. Pauvre campagnol déviant.

– Ecoute-moi un peu, Alex, le supplément d'amour qui le rend particulier aux humains, c'est l'intégration de nos références et concepts culturels.

Pour toute réponse, il a ajouté des lunettes à son campagnol haletant, ce qui m'a convaincu qu'il n'y avait aucun espoir de conversation sérieuse. Ça devait être le jet-lag.

– D'accord, tu gagnes, j'irai toute seule. Mais saches que tu n'es pas très sexy en campagnol.

– Ce n'est pas ce que dit Macy.

– Pff !

Je suis allée au bar de l'hôtel, où j'étais sûre de trouver quelques collègues. J'ai tout de suite repéré Andy tout seul dans un coin devant un verre de whiskey. On ne se connaissait pas, mais décidant que l'opportunité était trop belle pour être laissée de côté, je l'ai arraché à un petit livre minuscule dans lequel apparemment il écrivait quelques notes.

– Puis-je vous interrompre ? Je m'appelle Lisa, j'ai commencé ma carrière dans votre labo d'accueil et je serais très contente de pouvoir vous parler d'une théorie que je voudrais explorer.

Il ne souriait pas, et je pensais un instant qu'il allait refuser, mais finalement il m'a désigné le siège à côté du sien tout en me demandant ce que je voulais boire. Naturellement, j'ai commandé un whiskey, même si je déteste ça.

– Alors c'est toi la fondatrice de cette Société savante ?

– Euh, oui, oui en effet. (Il me connaissait donc.)

– Grande déesse de l'Amour, hein ? Où sont tes Grâces ?

Devenais-je totalement parano, ou était-il en train de mener une attaque frontale contre mon approche scientifique ?

– Vous parlez du savoir, de la perspicacité et de la logique qui accompagnent toutes mes démarches ?

– Tu ne confondrais pas les Grâces avec les trois têtes d'une armée de robots ?

Ces mots très durs ont provoqué en moi un sentiment d'injustice : une telle incompréhension de la part de quelqu'un que j'avais cherché à comprendre et que j'avais défendu bec et ongles ! Pendant dix secondes j'ai dû me battre contre une montée de larmes, mais l'image de Danielle dans ses bottes m'a aidée à poursuivre :

– Si je comprends bien, vous désapprouvez mon approche.

– Je te dis simplement de ne pas faire l'impasse sur quelques milliers d'années d'interprétations symboliques qui sont intégrées maintenant dans la culture collective. Le rationnel pur est inacceptable chez l'être humain actuel. Tout marche mieux avec des gris-gris, des superstitions, des dieux et des rites. C'est comme l'effet placebo en médecine ; on a incorporé nos attentes dans le fonctionnement du cerveau ; c'est le résultat de ses compétences particulières et il faut savoir en tirer profit. Pense à sacrifier une vierge de temps en temps dans tes stratégies.

J'ai chassé l'image de Macy vêtue d'une somptueuse robe Grès immaculée, ses cheveux en chignon travaillé, en train d'être badigeonnée rituellement de phéromones par des hommes en torse nu huilé.

– C'est curieux, mais la stratégie que j'ai mise en place pour mes premiers patients implique une sorte de sacrifice de la désirabilité d'une jeune femme. Comme quoi !

Il s'est laissé aller à une ébauche de sourire.

– Ah oui ? ça m'intéresse.

Je lui ai raconté l'histoire de Paul et Danielle. Il a écouté avec beaucoup d'attention, et des hochements de tête et des petits grognements me montraient son intérêt particulier pour la mise en scène de Danielle et la vadrouille de Paul.

– Tu as raison, les deux individus de ce couple sont en recherche active d'un autre et il suffit de trouver les clés pour que chacun découvre son salut dans les bras de l'autre.

– Oui, mais comment ? Comment découvrir les indices qui vont servir de détonateur ? Et non seulement pour faire l'amour au sens d'acte sexuel, mais pour faire, ou plutôt fabriquer l'amour au sens du lien.

– Oui, mais tu l'as dit : le sexe et l'amour sont les deux faces d'une même pièce.

– Avec des valeurs différentes pour les hommes et les femmes, quand même ?

– Certes, mais la règle se maintient malgré tout : sauf pour quelques cas particuliers, les hommes comme les femmes s'impliquent affectivement quand ils font l'amour. Tu connais bien sûr la petite pilule bleue si prisée des sexagénaires ?

– Viagra, Cyalis, oui.

– Tu as peut-être vu les résultats très récents qui montrent que l'effet considéré comme « mécanique » sur l'érection s'accompagne d'une libération importante d'ocytocine, l'hormone du lien ?

– Je te désire donc je t'aime ; je t'aime donc je te désire. Et la masturbation alors ?

– Oui, voilà une clé pour ton approche : lors de la masturbation on libère quatre fois moins de prolactine que pendant un rapport avec un partenaire. La présence de l'autre renforce les systèmes du désir et du lien.

– C'est évident. J'ai besoin juste de savoir quel indice chez l'autre sera le plus efficace pour bien faire marcher ce système.

– Tu as deux approches possibles : d'abord les indices universels qu'on peut appliquer à tous les membres d'un même sexe, puis les conditionnements personnels de chacun selon son éducation, ses lectures, etc. Si tu ne veux pas te lancer dans la psychanalyse, contente-toi de la première.

– Je pense que vous, dans vos travaux, vous avez pu déceler un certain nombre d'indices communs à tous les membres d'un même sexe.

– Ce sont ceux, justement, qui sont mis en exergue dans les rites du peuple que j'ai étudié. Mais aussi, et tu ne peux pas le savoir car les résultats ne sont pas encore publiés, les symboles des rites tiennent leur puissance de certaines différences dans l'activité cérébrale qu'on trouve entre l'homme et la femme au moment de l'orgasme. En réalité la science moderne ne fait que confirmer les observations anciennes de l'homme sur lui-même.

– Comment avez-vous pu montrer les phénomènes qui jouent sur l'orgasme ?

– Oh, on a commencé de manière un peu artisanale ; le plus difficile était de trouver des volontaires pour se masturber devant une équipe de chercheurs, et pour cette raison on a dû travailler en Suède. On a créé des dispositifs pour mesurer l'excitation sexuelle…

– Par exemple ?

– C'est assez simple avec des appareils qui détectent le flux sanguin et la dilatation des sphincters.

– Et après ?

– On enregistre au préalable la voix de l'amoureux ou de l'amoureuse du sujet expérimental, en train de lire des phrases savamment construites. Ensuite, pendant l'expérience, on mesure l'effet de chaque phrase sur l'état d'excitation de notre « cobaye ».

– Et ça vous a prouvé quoi ?

– Avec cette technique simplissime, on a déjà pu voir que l'excitation sexuelle des hommes et des femmes n'est pas sensible aux mêmes types de discours.

– Vous pouvez me parler des résultats ?

– Oh, vous êtes même capable de les prédire d'après vos thèses. Une des phrases était : « J'ai besoin de toi. »

– Donc excitant pour les filles mais pas pour les garçons.

– Exact. Ensuite, « Ne fais pas ça » !

– Ah oui, bien trouvé ; ça a dû bien marcher quand la fille le dit au garçon, mais pas du tout dans le sens inverse.

– Encore juste. L'autre phrase qui a provoqué un effet quasi systématique était...

– « Je t'aime » ?

– Le « je t'aime » est un outil à deux lames. Il excite les filles et les garçons, et surtout il facilite l'orgasme chez les filles, et ça c'est un effet qui semble lié à une levée d'inhibition qu'on a visualisée dans un autre type d'expérience.

– Toujours chez les Suédois ?

– Non, cette fois on est allés en Italie pour travailler avec le groupe qui fait de l'imagerie du cerveau chez les amoureux. Ils m'ont bien aidé pour mettre en place un dispositif qui permet de regarder les zones du cerveau impliquées dans l'orgasme.

– Chez les garçons et chez les filles ?

– Tout à fait.

Je me suis laissée aller un instant à imaginer ce « dispositif » qui nécessiterait sans aucun doute une concentration exceptionnelle de la part de l'expérimenté(e) et des expérimentateurs. Un sujet allongé avec la tête dans un caisson d'enregistrement, immobile sauf pour ce qui concerne les mouvements adéquats d'une activité masturbatrice efficace !

– Ça n'a pas dû être facile à instaurer.

– On a beaucoup ri, et l'humour n'est pas propice à l'orgasme. J'ai été obligé d'imposer un visage sévère et des règles strictes, et de renvoyer un technicien qui s'absentait toutes les demi-heures.

– Mais les résultats, alors ?

– Très intéressants. On a bien repéré des différences pendant l'orgasme entre le cerveau masculin et le cerveau féminin, et ces différences vont dans le même sens que tous les autres indices des différentes attentes masculines et féminines du sexe.

– Et vous auriez un élément ou deux qui pourraient me guider pour conseiller mes patients ?

– Pas évident. Ce que je sais relève du fondamental ; c'est à toi après de trouver l'application. On sait qu'il existe plusieurs voies nerveuses dans le contrôle de l'orgasme, et pour résumer on dirait qu'il y a une sorte de réflexe automatique par lequel le stimulus sexuel entraîne l'excitation puis l'orgasme, mais qu'il existe en plus une influence venant du cerveau pour agir sur ce réflexe spinal afin d'accélérer ou de ralentir le processus. Nous savons aussi que l'orgasme masculin est quasi automatique une fois que l'excitation est déclenchée, mais que l'orgasme féminin est beaucoup plus aléatoire et variable avec, à une extrémité de l'échelle, 10 % des femmes qui n'ont jamais connu d'orgasme, et à l'autre, environ 10 % qui en ont à répétition chaque fois qu'elles font l'amour. Il est tentant d'en déduire que l'orgasme féminin est beaucoup plus soumis que l'orgasme masculin aux influences dites « supérieures », venant de plusieurs zones du cerveau.

– L'orgasme féminin serait intelligent ?

– Je veux bien accepter si on prend le sens étymologique du mot « intelligent » : l'orgasme féminin fait appel à plusieurs liens, oui.

– Alors quels sont les facteurs influents « supérieurs » les plus importants ?

– En fait, on voit l'importance de l'influence émotionnelle : le système limbique est activé, mais en plus de l'émotion l'orgasme nécessite aussi une forte désinhibition, le laisser-aller, que le cortex préfrontal se taise, sans oublier toutes les références culturelles emmagasinées dans l'hippocampe et qui sont convoquées aussi.

– Et tout ceci n'intervient pas chez les hommes ?

– Si, la seule vraie différence est la levée d'inhibition chez les femmes qu'on ne constate pas chez les hommes. Comme si le cerveau masculin était construit pour permettre l'orgasme en toutes circonstances, tandis que celui de la femme exige un certain nombre de conditions avant de laisser faire. On a même demandé à des femmes de simuler l'orgasme, pendant une stimulation clitoridienne par les doigts du partenaire, et la différence majeure, avec un vrai orgasme, était justement l'absence de désactivation du cortex préfrontal dans la simulation, donc pas de « laisser-aller ».

– Vous disiez tout à l'heure que ces résultats sont reflétés dans les rites que vous avez étudiés ?

Ses yeux sont partis dans le vague et son visage s'est réarrangé autour de traits devenus plus doux et tranquillement aimables.

– Je trouvais au début que les histoires racontées dans les rites étaient primitives et stéréotypées, car les femmes jouaient le rôle de soumises, mais je me suis rendu compte après deux ou trois répétitions, donc deux ou trois ans, que la mise en scène représentait en réalité des phénomènes bien plus compliqués.

– Que les femmes finalement ne sont pas soumises ?

– Elles le sont. Elles ont une plus petite taille que les hommes, donc la loi de la force physique marche contre elles. Leurs hormones aussi : les œstrogènes favorisent la peur et l'anxiété, ça a été démontré chez l'animal et chez l'homme.

– Où est la subtilité alors ?

– Dans le fait que la prérogative des femmes réside dans la sélection ultime du partenaire.

– Vous allez me dire, j'en suis sûre, que l'orgasme est le dernier rempart des femmes contre les assauts indésirables des hommes.

– Pour ma part, je suis persuadé que la notion de contrainte est assez universellement excitante, aussi bien pour les hommes qui l'exercent que pour les femmes qui la subissent. Cependant il arrive un moment où les jeux de pouvoir s'inversent car le cérébral prend le premier rôle : la levée d'inhibition qui permet à l'assaut masculin de réussir se fait dans la tête de la femme. Elle accepte, ou elle n'accepte pas, et dans ce dernier cas l'acte sexuel reste sans conséquence.

– Sans orgasme, sans grossesse, sans amour, sans rien.

– Evidemment. L'orgasme est le plus grand libérateur d'ocytocine qui soit, en dehors de l'accouchement.

– Vous avez raison, voilà pourquoi l'orgasme féminin n'est pas automatique ! C'est le cerveau de la femme qui fait un calcul essentiel à partir d'éléments dont beaucoup sont inconscients, pour décider de l'éligibilité du partenaire au rôle de père. Ça explique aussi très bien pourquoi, quand la femme se donne pour de bon, il s'agit d'une relation qu'elle croit durable. Par définition de l'état et du fonctionnement féminins, une relation « de passage » ne peut pas être totalement satisfaisante.

– Toutes les danses tribales sur la fertilité que je n'ai jamais vues mettent en scène cette vérité profonde de notre espèce.

– Oui ? Mais est-ce qu'il ne peut pas y avoir des cas où la femme est demandeur, et l'homme est réfractaire ?

– C'est contre nature.

Quand même, ça m'étonnait un peu. Je pensais à Georges Clooney qui serait donc une aberration de la nature, objet de désir de tant de femmes déçues.

– Oui (il a poursuivi), je sais, tu vas me parler de Clark Gable...

– Euh oui, en effet (ou Errol Flynn, tant qu'à faire).

– … mais je parle de rencontres physiques, pas d'images inatteignables. Tu verras après quelques années de pratique que les problèmes de tous les couples tournent autour d'une dysfonction de ce rôle basique de chacun.

– Et pour mes patients ?

– Imagine à quel point on confond la donne quand on est psychanalyste, quand on est censé décortiquer avec son patient les émotions associées aux divers personnages et événements de sa vie, et qu'on se glisse dans un rôle central qui lui-même provoque des émotions au point d'en brouiller les autres.

– Et que se greffent là-dessus les processus changeants de l'amour. On peut dire qu'il s'est octroyé tous les pouvoirs sur elle.

– Pour un certain temps, car la fin de la période d'amour passionnel a dû leur faire un choc. Elle est tombée amoureuse, donc elle l'a accepté, mais la période de transfert en analyse a faussé les rapports amoureux. Elle s'est soumise à son autorité pendant cette période, et son corps a dû perdre son pouvoir décisionnel.

– Un corps qui ne jouit plus ?

– Oui, mais plus que ça, qui s'est vu refuser son droit de décider.

– Ah oui. Alors selon vous il faut en quelque sorte rendre son autorité au corps de Danielle ?

– Il faut qu'elle décide de se l'accaparer de nouveau, et que lui, il la laisse faire.

– Et vous, vous allez me dire comment on peut effectuer ce petit miracle.

On a bu trois whiskeys en discutant des peuples lointains, des méthodes de psychanalyse et des tabous associés au sexe. Ensuite j'ai passé la nuit à rêver d'Aphrodite et ses trois Grâces et à toutes les formes de sacrifice imposées aux vierges à travers le monde.

11

Comment faire parler son sexe

Après ses premières boutades en guise d'introduction, Andy est rapidement devenu un complice précieux. À la fin du colloque, je lui ai proposé de venir à Paris faire un séminaire au laboratoire et d'y rester le temps nécessaire pour qu'on soigne le désir de Paul et Danielle.

Alex était jaloux de ce monsieur de soixante-seize ans qui avait des codes d'hygiène venus d'ailleurs et qui se nourrissait de whiskey et de réglisse. Cependant, malgré ses excentricités, j'avais en commun avec Andy un sens du ridicule très développé concernant les prétentions de l'espèce humaine, et je trouvais en lui un camarade détendu, tolérant et profondément sage, car il apportait plusieurs systèmes de valeurs à l'évaluation de toutes les situations psychosociales qu'on lui soumettait. Il nous racontait des sociétés très fonctionnelles où l'inceste est un mode de vie courant, d'autres où la polygamie est considérée comme un signe extérieur de richesse, et d'autres encore où il faut manger le cerveau des morts pour protéger ceux-ci de l'oubli. Grâce à lui je me mettais à intégrer dans mes analyses les histoires que l'homme se raconte pour gérer ses angoisses consubstantielles, celles qui concernent le sexe, l'amour et la mort.

J'avais aussi envie d'exploiter le regard décalé d'Andy pour sortir de mon impasse familiale. Sous prétexte de lui montrer la vie française dans toute son intimité pour nourrir son regard d'anthropologue, j'ai prié David de le faire inviter au déjeuner si redouté chez ses parents. J'espérais que sa présence allait brouiller les cartes du jeu bourgeois de ma belle-mère. L'invitation a été lancée pour le dimanche suivant et j'ai entamé ma semaine plus souriante pour travailler avec Andy, Alex et Macy sur le rendez-vous tant attendu de Paul et Danielle.

Lundi matin, on s'est retrouvés dans la petite salle à café pour une réunion informelle.

– Ça y est, Macy, tu as fixé le rendez-vous ?

– Oui, ils viennent tous les deux mardi matin de la semaine prochaine, et je les ai prévenus que nous avions besoin de toute la matinée.

Alex commençait déjà à montrer son agitation ; il n'était pas du tout serein quant à la rencontre qu'on était en train de programmer pour sa fiancée et l'admirateur de celle-ci.

– Toute la matinée ? Mais pour quoi faire ? Ils restent déjeuner en plus ? Ils viennent en vacances avec nous ? Ils s'installent à la maison ?

Andy a posé sa main sur le bras d'Alex :

– Qu'est-ce que tu nous proposes comme stratégie savante ? Tu vas lui donner un coup de poing et lui dire de plus toucher à ta copine ? Même les primates primaires que nous sommes peuvent prévoir que ça ne va pas changer son comportement. Faut que tu prennes un peu de recul, petit.

– Oui, enfin, d'une manière ou d'une autre, il va prendre une claque.

J'ai pensé opportun de mettre fin à cet échange :

– Alex, arrête de jouer les gros bras, tu n'es pas crédible. Essaie plutôt d'aligner tes deux neurones pour réfléchir avec nous. Paul est psychanalyste et ne croit pas que nos mécanismes neurobiologiques puissent l'aider. Ses attentes vont être nulles et il se convaincra que tout ce que l'on fait ne sert à rien. J'ai essayé de lui faire une démonstration logique des processus de l'amour, et il est parti dépité.

Cette fois ce fut mon tour d'être ridiculisée par Andy :

– Bien sûr. Tu ne croyais tout de même pas que tu allais renverser les certitudes de toute une vie en une demi-heure d'explications ? Rien que d'expliquer le comportement en termes de neurones et de circuits va à l'encontre de ce que notre culture nous enseigne. Tu es neurobiologiste, certes, et en tant que telle tu peux tout expliquer ; c'est ton rôle. Mais maintenant si tu veux en plus être conseillère, consultante… guérisseuse en quelque sorte, il va falloir apprendre à appliquer tes connaissances neurobiologiques d'une manière digeste.

Du « prêt-à-comprendre » au lieu de gaver les gens avec l'information toute crue que tu aimes tant.

– Vous voulez que je mette un masque et que je danse autour de mes « victimes » ?

Il m'a regardée avec une certaine insistance, en rétrécissant les yeux, s'est arrêté d'ouvrir un nouveau paquet de réglisse et m'a montrée du doigt avec des petits gestes répétés pour qu'on attende respectueusement ses prochaines paroles.

– Oui, en effet, c'est tout à fait ça ! Mais le vrai problème, c'est que tes danses ne feront rien à personne tant que tu n'auras pas sorti cet os de ton nez qui fait peur aux gens. Arrête de faire en toutes circonstances le guerrier du savoir !

– Un os ?

– C'est une expression venue d'un peuple versé dans les tatouages et qui se moque de ses voisins qui s'ornent d'objets plus voyants. Ils disent que quand on a mis un os dans son nez, les gens ne voient plus les yeux, la bouche, ni même la forme du corps. Toi, tu as un os dans le nez qui s'appelle la neurobiologie, et même s'il est très beau, ton os, tu l'as choisi un peu gros. Remets-le dans ta poche et tu le sortiras uniquement quand les gens demanderont à le voir, quand tu leur en auras donné envie.

– OK, OK, d'accord, mais vous voulez que je fasse comment ?

– Il faut que tu apprennes à composer avec le cerveau en face. Le cerveau en face a déjà vécu et il s'est formé avec les indices environnementaux à sa disposition. Il faut utiliser tes connaissances neurobiologiques pour entraîner le résultat que tu souhaites à partir des éléments déjà en place dans ce cerveau. Ne pas penser que la solution la plus nette consiste à remodeler chaque cerveau que tu rencontres. En tant que consultant tu n'es pas là pour expliquer au monde pourquoi il a tort : tu es là pour obtenir un certain résultat avec les moyens à ta disposition.

Sur le fond j'étais d'accord : j'avais l'habitude de dire que tout ce qui se passe dans le cerveau se réalise dans des neurones, qu'il s'agisse de psychologie, de psychanalyse, de culture et d'éducation. Mais je continuais instinctivement à défendre mon pré carré :

– Vous me voyez comme le guérisseur de n'importe quelle tribu lointaine ? C'est ça ?

– Et alors ? Tu crois donc que c'est un rôle anecdotique ? Détrompe-toi, le guérisseur est un homme ou une femme sage avec un sens de l'observation et un savoir-faire capables d'intervenir sur les comportements de l'homme. Il utilise les entrées et les sorties multiples du cerveau, comme toi, qu'il a appris à connaître par une observation fine, comme toi !

– Mais je pensais que la différence viendrait du fait que j'ai une meilleure idée de ce qui se passe après les entrées et avant les sorties.

– C'est certain, mais je ne suis pas persuadé que cette différence change grand-chose au résultat, mis à part la satisfaction procurée à ton propre cerveau, élevé dans un milieu rationaliste. Avec Paul, par exemple, il ne faut plus parler de neurones et de sociobiologie, il faut lui parler d'ego, de psyché, Narcisse, Œdipe, si tu veux qu'il t'écoute.

– Mais je ne peux pas jouer au psychanalyste ; je ne serai pas crédible. Je renonce à la psyché et à toutes ses œuvres.

– Tu seras plus crédible pour Paul en mauvais psychanalyste qu'en excellent neurobiologiste. Tu comprends ? Donne-lui une branche à laquelle s'accrocher. Laisse-lui un prétexte pour croire à ta solution si tu veux qu'il joue le jeu.

– Le jeu du moi, donc ?

Ce petit jeu de mots a réveillé l'esprit espiègle d'Alex :

– Je et moi sont dans un bateau, Je tombe à l'eau, qu'est-ce qui reste ?

Tout le monde s'est regardé d'un air interrogateur.

– Moi ?

– Oui, fou. (Jeu d'accent viennois, sa spécialité.)

– Tu es tellement bon en blagues psy, Alex, c'est toi qui devrais t'y coller, aux explications avec notre ami.

– Je ne suis pas contre. D'après Macy, il base toute sa démarche sur le rêve. Il faudrait installer un électroencéphalogramme pour pouvoir le stimuler aux moments propices pendant son sommeil. Et on sait reconnaître les moments propices…

Macy ne comprenait pas.

– … parce que pendant le rêve il y a des érections.

– Ne sois pas trivial : bien avant l'érection, qui n'est pas systématique, d'ailleurs, on voit les petits mouvements rapides des yeux qui signalent la phase de sommeil paradoxal. Cette démarche me paraît très intéressante ; tu peux avoir accès à une clinique du sommeil ici ? Il faudrait voir Paul, pour lui expliquer que nous avons les moyens techniques d'interroger ses rêves.

– On peut mettre en place un système expérimental comme vous l'aviez fait en Suède, mais en mesurant ses réactions pendant le rêve ?

– On peut lui faire des suggestions en lui lisant des textes en début de rêve, puis le réveiller pour qu'il nous raconte ce qu'il a rêvé ?

Andy faisait des grands gestes pour calmer notre élan :

– N'oublions pas nos objectifs. Paul a fait un putsch sur le corps de Danielle.

– Oui, et nous devons tenter de lui rendre le pouvoir.

– Il faut trouver un complice à la clinique du sommeil, pour nous permettre de faire des manipulations pendant le rêve. Réfléchissons. Il faut essayer de trouver les mots qui, dans la bouche de Danielle, obligeront Paul à lui rendre la position dominante dans le couple, et donc la liberté de jouir de son corps. Ensuite on les expérimentera sur Paul.

– Je présume, dit Alex, que vous avez déjà pensé à

mettre dans la bouche de Paul l'éternelle, l'universelle et si efficace : « Mais qu'est-ce que t'es belle ! »

Macy rougit.

– Tu as raison dans un certain sens, répondit Andy, et maintenant au moins on comprend mieux pourquoi. Tu imaginais sans doute que c'est par la flatterie de ces mots qu'on convainc une fille de se donner. C'est déjà vrai, mais beaucoup plus fort que ça, avec ces paroles magiques, le garçon sous-entend son infériorité, son insuffisance devant tant de beauté, ce qui rend à la femme son pouvoir de décision. C'est la première ligne dans la stratégie d'une rencontre réussie.

– Et la bonne réplique ? s'enquit Macy, très intéressée.

– La femme a un peu plus de latitude, mais dans sa réplique elle doit obligatoirement reconnaître la supériorité de la force physique de l'homme, ou son équivalent dans le monde d'aujourd'hui : son pouvoir et sa richesse. Cet échange-là implique que la femme acquiesce. Elle reconnaît que du point de vue de la force physique, l'homme peut faire d'elle ce qu'il veut, mais elle lui dit qu'elle se soumet de bonne grâce à cette force.

– On dirait une danse de séduction entre deux oiseaux qui se font des joliesses et des rondes de plumes avant de copuler.

– Exactement, c'est tout à fait ça.

– C'est quasi automatique alors ?

– Oui, seulement nous n'en sommes plus à cette

étape pour Paul et Danielle. Le cérémonial de la séduction est fini depuis longtemps. Il va falloir être intelligent maintenant – trouver le moyen de reproduire les effets de la danse du ventre quand on ne peut danser que la polka. Trouver le moyen d'évoquer les plaisirs secrets du corps en montrant juste une cheville.

– C'est joli, c'est fin, c'est imagé et c'est délicat, lui dis-je, mais comme on danse moins bien avec une sonde dans le rectum, pouvons-nous aborder maintenant les sordides détails pratiques de nos manœuvres ?

– Pour Paul, tu as compris ; un pléthysmomètre sur le pénis pendant le sommeil, et dès qu'on voit qu'il commence à rêver par les mouvements des yeux, on teste un certain nombre de phrases pour voir si on peut provoquer une érection.

– Ah oui ? (Macy était passionnée par cette expérience). Mais quelles phrases ?

– D'abord on va demander à Danielle de se laisser aller à quelques invitations provocatrices, selon son inspiration. Comme ça on observera l'état basal de leur entente « intime ». Il faudrait aussi qu'elle fasse quelques efforts d'imagination ; on verra si elle a la moindre idée de ce qui peut stimuler les voies souterraines du cerveau de son mari.

– Ce qui est peu probable vu le succès de sa mise en scène érotique.

– Pathétique.

– Et en « grand finale » de votre séance pléthysmographique, je te suggère, Alex, de faire dire à Danielle un certain nombre de phrases que tu trouveras dans une œuvre magistrale qui a fait le tour des sensibilités humaines en termes d'excitation sexuelle.

Là nous étions tous les trois en état de concentration quasi hypnotique, tendus vers ses prochaines paroles :

– Ne me dites pas que vous ne connaissez pas *Les cent vingt jours ?*

Nous étions tous apparemment ignares.

– *Les cent vingt jours de Sodome* du Marquis de Sade. Le catalogue des traces préhistoriques des odeurs, des postulats, des attitudes et des actes qui peuvent éveiller des voies cérébrales particulières. L'état érotique est un état à part ; l'attention est très focalisée sur le partenaire, les sens en éveil, certaines glandes très activées et les priorités de l'individu totalement bousculées. Le Marquis a bien noté que le chemin vers cet état si caractéristique passe par des comportements d'un autre monde.

Nous aussi étions dans un autre monde en l'écoutant. En transe. Rien que l'évocation de cet état avait commencé à produire ses effets. La bouche de Macy était entrouverte, et ses yeux à demi fermés ; Alex a avalé sa glotte d'un grand coup et je voyais les yeux rieurs d'Andy en train de se moquer :

– Vous êtes une tribu persuadée d'avoir instauré une grande distance entre votre cerveau et votre corps, mais je vois que les réflexes vitaux sont bien ancrés. Ne vous inquiétez pas, vous allez trouver de belles choses encore très vives dans le cerveau endormi de Paul.

– On considère que la chose est réglée. Maintenant la suite n'est que du travail, à commencer par un entretien avec lui pour le convaincre et dont je me charge. En revanche, il nous reste à planifier la séance avec Danielle.

– Pourquoi ne lui faites-vous pas la même chose ?

Nous avons regardé Macy, puis nous nous sommes regardés, et en relativement peu de temps, elle s'est souvenue que Danielle n'avait pas de pénis.

– Oh oui, bien sûr. Pardon.

– On va devoir se fier à cet autre organe de vérité du corps humain…

– Quoi, le cerveau ?

– Sûrement pas, je parle de l'anus.

– Mais je croyais que pour détecter des mensonges, puisque vous parlez d'organe de vérité, on mesurait la transpiration.

– On va aussi, bien sûr, mesurer la conductance de la peau, mais pour la catégorie de questions plus intimes, je pense que l'anus saura mieux exprimer les réactions émotives.

– L'anus qui pleure, l'anus qui rit ? (Alex toujours prêt à partager ses états d'âme).

– Quand tu seras colopathe, tu te moqueras moins de mon approche fondamentale du corps humain. Vous n'êtes pas d'accord, Andy ?

– Ça va surtout vous livrer des informations sur la contradiction entre les histoires qu'elle se raconte et ce que vit son corps. C'est une très bonne idée. N'oublie pas de relever les taux cardiaque et respiratoire et notez aussi la dilatation des pupilles, comme ça nous aurons une idée grossière de deux systèmes de neurotransmetteurs.

– Mais le plus important c'est la dopamine. Comment savoir si elle réagit avec une augmentation du désir et une dépression de ses systèmes inhibants ?

– C'est là toute la beauté de l'anus.

Alex bien sûr a pouffé de rire. J'ai poursuivi, sans prêter attention à ses vestiges d'enfance cérébrale, très absorbée dans mes démarches, en train déjà de monter dans ma tête toute la mise en scène :

– Il ne faut pas perdre de vue notre objectif. À mon avis on va pouvoir trouver chez Paul au cours de la nuit le moyen d'induire sur demande un désir irrépressible, quelque chose qui est facilement atteignable dans le début d'une relation et qui rend un homme déraisonnable, prêt aux sacrifices et à la mendicité pour obtenir l'accès au corps désiré. Exactement l'attitude qui entraîne le pouvoir décisionnel nécessaire à la femme pour jouir.

– Et chez Danielle ? Ce sera automatique ?

– Non, Danielle, tout en induisant un désir très fort, doit être intimement persuadée qu'elle n'en mérite pas moins.

– La meilleure façon sera la constatation de son pouvoir sur le désir de son mari.

– Il faudrait qu'elle sache le faire mendier.

– Elle a peur de le perdre, elle ne peut pas le faire mendier.

– Voilà donc notre objectif: il faut savoir de quoi elle a peur et la convaincre que cette peur n'est pas fondée.

Andy s'est manifesté de nouveau après avoir écouté d'un air distrait l'échange entre Alex, Macy et moi :

– Ce sera donc encore Sodome.

Plus tard cette phrase énigmatique me reviendrait et je me dirais qu'il faisait beaucoup plus attention aux détails qu'il n'y paraissait.

12

Comment la magie est une simple question de volonté

Pendant cette semaine de travail intense, tous les soirs, en rentrant à la maison, je racontais à David par le menu détail le contenu de nos conversations au labo. Il me posait beaucoup de questions, contestait certaines idées et voulait tester les effets de nos phéromones sur lui-même. Mais par-dessus tout, il était passionné par la thèse d'Andy concernant la sexualité des hommes et des femmes, et la fameuse « levée d'inhibition » qui conditionne l'orgasme féminin. Je voyais bien à travers les questions qu'il me posait que de toute évidence il avait envie de tenter sa propre expérience, et ce vendredi soir, quand en début de soirée j'ai retrouvé la maison plongée dans le noir, avec pour tout éclairage des petites lumières colorées qui tremblaient derrière les fenêtres, j'ai eu un petit frisson d'appréhension.

Les lueurs des bougies étoilaient la salle de bains, la baignoire débordait de bain moussant, et un pot de caviar était en équilibre précaire sur le rebord. L'instabilité du pot, je le découvris aussitôt, résultait d'un petit paquet au centre duquel brillaient des boucles d'oreilles en forme d'étoiles.

Il est arrivé derrière moi en peignoir. Je me suis déshabillée pour me glisser dans l'eau avec lui et il m'a aidée à mettre les boucles d'oreilles. Le sens du cadeau dans notre société d'opulence s'est un peu perdu, ce qui est tragique, car c'est une notion centrale dans les rites sexuels. On attribue beaucoup trop d'importance à la valeur marchande des cadeaux, alors que sa vraie richesse réside dans sa valeur symbolique. David avait préparé sa « cérémonie » avec beaucoup de soin, y compris les mots émouvants qui accompagnaient le geste, transformant ainsi son cadeau en offrande :

– Des étoiles. Brillantes. Comme toi. Belle, étincelante, mystérieuse, précieuse, adorable. Je t'aime.

– C'est magique, Darling. Magique. Moi aussi je t'aime.

Pendant cet échange si bref, toute une série d'événements se sont déclenchés dans mon corps ; des événements figurant dans le répertoire des émotions humaines sous la rubrique « excitation sexuelle ». Le week-end en a été transformé. On s'est mis en vacances et on a vécu comme des touristes, mais surtout, on a découvert un nouvel appétit sexuel l'un pour l'autre. Après quinze ans de vie commune, j'ai trouvé un nouveau partenaire : non seulement on faisait l'amour plus d'une fois par jour, comme de nouveaux amants, mais de merveilleuses sensations et des jouissances nombreuses et intenses étaient au rendez-vous.

Du coup, le dimanche matin, nous sommes arrivés en retard au déjeuner familial, et Andy était déjà installé avec mon beau-père devant cinq verres de whiskey. Il s'agissait bien sûr d'une dégustation entre amateurs éclairés et ils parlaient de leurs émotions gustatives avec science et sérieux. Ils humaient d'abord, puis ils aspiraient en claquant la langue, mais ne recrachaient rien, et ils ont réussi, en se passant les bouteilles, à casser un verre avant de passer à table, ce qui a donné un coup de chaleur supplémentaire à l'humeur déjà explosive de la maîtresse de maison qui, elle, ne goûte pas le whiskey. Lorsqu'elle nous avait ouvert la porte, j'avais remarqué son visage pointu des mauvais jours. Toute la matinée elle avait dû soigner amoureusement son rôti et ses traits déclinaient tous les tons de rose. Le portrait du mécontentement.

Elle nous attendait pour ouvrir le champagne.

– Lisa (elle m'a ciblée d'emblée avec un faux sourire), dites donc, vous avez encore maigri, non ?

(Interprétation : toujours aucun espoir de descendance dans ce temple de la stérilité qu'est votre corps.)

– Oui, Maman, a répondu David, elle fait beaucoup d'exercice en ce moment, c'est pour ça.

– Oh ? Vous avez repris le squash ?

– D'une certaine manière.

David a éclaté de rire.

Elle était furieuse. Andy, qui était au courant de la

« situation », regardait attentivement. Malgré son air de bonhomie, ses petits yeux pétillaient d'excitation devant la gestion des conflits qui ne tarderaient plus à se manifester aujourd'hui. Il est vrai que dans notre société occidentale les repères familiaux ont perdu leur importance et il devait se demander quelle influence virtuelle du monde moderne emporterait le morceau dans ce grand appartement haussmannien du seizième arrondissement. Il augurait sans doute que la journée serait amusante, mais j'ai décidé de casser le jeu et de mettre Andy sur le devant de la scène à ma place. Dès qu'on s'est installés à table, et au détour d'une conversation sur les salaires des chercheurs, j'ai lancé le vrai sujet du jour :

– Andy ?

– Oui, chère amie ?

– Vous avez vécu longtemps sans argent dans les sociétés que vous avez fréquentées. Quelle est la ressource la plus répandue ? L'or ? Le bétail ?

– Plus une société vit avec peu de possessions, peu de nourriture, emmagasinée ou semée, plus cette société devient anxieuse de son taux de survie. Le pouvoir reproductif de la femme est la richesse absolue dans les sociétés que j'ai pu observer. Mais avec la sédentarisation et le progrès technique, chaque avancée qui assure un approvisionnement régulier des ressources, donc une meilleure qualité de vie, soulage cette pression de la reproduction. En fait, chaque progrès du taux de survie des enfants profite aux femmes, elles acquièrent la liberté de leur corps.

– Donc, dit mon beau-père en regardant avec insistance sa femme, dans notre société occidentale, où pratiquement tous les enfants survivent, les jeunes femmes sont libres de leur corps. Et si certaines choisissent d'en faire six, qui tous survivront, elles libèrent du devoir de maternité celles qui n'en veulent pas. Logique.

– Cela dit, précisa Andy, même dans une société aussi riche, organisée et prévoyante que la nôtre, nous ne sommes qu'à trois repas de la dévastation.

– Trois repas ?

– Nos systèmes de production et de distribution sont établis de telle manière que seules les provisions pour les trois prochains repas sont assurées à tout instant. Donc si une défaillance du système intervenait, on commencerait à se battre pour les ressources au bout de seulement trente-six heures.

– Tu vois, me dit David, ta liberté de disposer de ton corps n'est assurée que pour les trente-six heures à venir.

– J'en ferai bon usage désormais.

– Je m'appliquerai à te le rappeler.

– David, s'il te plaît, nous sommes à table.

– Excuse-moi, Maman, je ne voulais pas offenser le gigot. C'est par pudeur que tu lui as mis ce petit pyjama ?

Il désignait du bout de son couteau la petite toque froncée qui décorait le manche, et j'ai étouffé mon rire. Bêtement, certes ; on exhibait l'arrogance des gens comblés. Elle a mal pris la moquerie de son offrande nourricière. Son visage a commencé à se décomposer, mais Andy a une fois de plus sauvé l'atmosphère avec son savoir-raconter universel :

– Tout cela pour souligner que la richesse fondamentale d'une communauté est constituée de l'ensemble des ovules et des utérus à sa disposition, tout le reste n'est que vernis. C'est très valorisant pour la femme pendant sa vie reproductive : chez ces peuples elle est traitée comme une icône précieuse à protéger. D'ailleurs la polygamie est le résultat direct de cette évidence : plus on est riche, plus on a d'ovules à sa disposition.

Ma belle-mère ne pleurait plus sur son gigot ; elle avait fini par le déshabiller et le servir. En même temps, elle semblait fascinée par ce sujet qui reflétait une de ces préoccupations majeures :

– C'est indigne. Vous sous-entendez non seulement que les femmes sont la propriété des hommes, mais aussi qu'une femme n'aurait aucun intérêt après la ménopause. Je trouve que vous y allez un peu fort.

– En effet, nous trouvons inacceptable qu'une personne puisse décider du destin d'une autre. Il est vrai…

Il a imposé une pause pour nous imprégner du sens de ses mots, prenant une gorgée du whiskey qu'il sirotait même avec le gigot.

– … mais nous partons de très loin. Nous partons des lois de l'évolution et de la survie du plus fort ;

nous en sommes le résultat, et il est vrai que quelquefois notre comportement laisse à désirer aux yeux de l'homme que nous essayons de devenir. Celui de demain. Qui par ailleurs est aussi une femme.

– Ah quand même, vous faites bien de le rappeler.

Pendant que ma belle-mère ne défendait aucune autre cause que la sienne, née d'une vie consacrée aux petits soins de son mari et de son fils, je pensais à nos ébats sexuels récemment renouvelés, grâce à des stratégies basées sur les différences biologiques entre les hommes et les femmes.

– Certes, a-t-il continué, on peut avoir des aspirations très nobles et « politiquement correctes », comme on a pris l'habitude de le dire, mais tant que l'humain reste mortel et que la fonction biologique de la reproduction doit être assurée, il persistera des stratégies sexuelles, avec leurs avantages et leurs inconvénients. Je ne sais pas si on doit faire semblant de les ignorer.

– Oui, ai-je dit pensivement en écoutant Andy, on est très ambigus.

Belle-maman était passée du champagne au vin rouge. Ses pensées n'étaient peut-être plus tout à fait alignées sur la conversation, mais en même temps elle y voyait une nouvelle caisse de résonance pour sa plainte habituelle. Elle a tenté d'exprimer tout son mal-être sous forme de boutade :

– Naturellement, vous devez trouver que les femmes âgées sont en quelque sorte les vers solitaires de la société ?

– Euh, non, pas du tout, même dans les sociétés primitives, on considère que la grand-mère joue un rôle absolument essentiel dans l'éducation des petits, et il existe une école d'anthropologie aujourd'hui qui émet comme hypothèse que le taux de survie des petits est très étroitement lié à la disponibilité des grands-mères pour s'en occuper.

Je n'en croyais pas mes oreilles ; comment le vieil Andy, qui avait su gérer des interactions délicates dans des sociétés diverses à travers le monde, s'était-il fait piéger par un si léger cocktail d'ivresse et de politesse ? Belle-maman jubilait ; tout son visage s'est éclairé tandis que son mari et son fils se cachaient tous les deux le visage dans les mains, en position de désespoir, épuisés d'avance par les remous que la suite de la conversation n'allait pas manquer d'entraîner.

– Oui, et en sachant cela, que peut-on dire des femmes de ma génération ? On s'est fait avoir, voilà tout ! On nous a formées comme mères de famille, et maintenant la deuxième partie de notre vie familiale est amputée par les ambitions de nos filles et belles-filles. Nous voilà condamnées à une vieillesse de parasite, bonnes à rien et sans petits-enfants à élever.

– Mais, madame, les femmes continuent à faire des enfants tout en construisant une carrière en dehors de la maison. N'est-ce pas ce que vous auriez souhaité pour votre fille, si vous en aviez eu une ?

– Je n'en ai pas. C'est tout. Mais ce n'est pas ce que je souhaitais pour ma belle-fille en tout cas.

– Oui, Maman, ça on le saura. Mais Lisa a choisi de vivre sa vie différemment de toi. Tu ne peux pas lui en vouloir de disposer de son corps et de son temps comme elle le décide.

– Elle n'est pas toute seule au monde. Quand on entre dans une famille, on tient un peu compte du destin des autres. J'ai l'impression d'être condamnée. Et ton père, il ferait un grand-père acceptable, cet imbécile. Et toi, tu rêves d'avoir un enfant aussi, ne le nie pas.

Il ne l'a pas nié. On était revenus à la case Départ, trois semaines en arrière. Toutes les explications du monde et les théories ne changent rien aux émotions. On peut parfaitement comprendre la raison derrière les sentiments, sans pour autant parvenir à les diriger. David subissait l'instinct paternel. Il voulait être papa, et combler de bonheur ses parents qui avaient probablement fait des projets pour leurs petits-enfants depuis trente ans déjà : où ils les coucheraient, quelles vacances ils prendraient en charge, quelles assurances-vie ils prendraient à leur nom. Mais voilà, leur fils avait épousé une Américaine qui croyait en son indépendance plus qu'en toute autre chose. Une question d'éducation : encore un exemple du potentiel explosif du mélange des cultures. Comment faire pour raccommoder le bien-être de ces gens dont j'avais malmené le destin en épousant leur fils ?

Andy avait l'air de revenir d'un rêve, et je sentis qu'il allait dire quelque chose d'important :

– Vous savez, j'ai vécu de près un problème d'incompréhension entre deux cultures…

Il n'avait rien à perdre : il ne cherchait pas à faire de mes beaux-parents ses amis, et il fallait un drame pour contrer un autre drame. Je lui étais reconnaissante de m'éviter les sempiternelles explications et rancœurs qui auraient forcément suivi ce petit happening. Il a raconté son histoire de parrainage, sa fierté du filleul, l'intelligence exceptionnelle du garçon, il s'est longuement arrêté sur le mur d'incompréhension rencontré aux États-Unis quand a été révélé son « acte honteux ».

– … Si je vous raconte tout ça, c'est pour expliquer que nous sommes confrontés à deux défis majeurs pour la survie dans de bonnes conditions de notre espèce humaine. D'une part, comme nous l'avons dit tout à l'heure, nous devons concilier l'homme préhistorique, avec les priorités de survie qu'il nous a léguées, et l'homme politiquement correct avec ses valeurs du monde moderne ; c'est déjà tout un programme. D'autre part, le monde dit « moderne » n'est pas homogène ; climat, géographie, faune et flore, ces différences physiques ont entraîné de multiples interactions entre l'homme et son environnement, ce qui a encore ajouté des couches d'histoire et donc de culture aux différents peuples de notre espèce.

Le beau rôle pragmatique que ma belle-mère s'était attribué fondait au fil des mots dans l'universalité des problèmes soulevés. Elle s'est sentie flouée, et elle a commencé à débarrasser la table.

– Voilà la faille du cerveau de l'homme : il est fait pour s'adapter aux conditions locales, ce qui veut dire que chaque cerveau est différent, mais il ne possède pas de fonction cérébrale programmée qui lui permettrait de comprendre les cerveaux différents qu'il est amené à rencontrer.

– Pourquoi ? demanda mon beau-père.

– Parce que par définition ils se sont formés ailleurs.

– Donc on est condamnés à ne pas se comprendre ?

Andy soupira longuement.

– Voilà une question qui a beaucoup plus de répercussions que la simple lutte contre le racisme. L'acceptation et la compréhension de la différence sont des fonctions qui ne sont pas « naturelles ». Nous sommes programmés pour l'inverse. Maintenant que nous avons créé les moyens de fréquenter différents peuples, il va devenir intéressant de voir si nous serons capables de surmonter notre biologie et de concilier nos différences.

Je regardais David, un homme conciliant par excellence ; il faudrait qu'il y en ait davantage comme lui dans le monde.

– Pour ma part, intervint ma belle-mère, après toutes ces discussions, je vous propose le dessert de la réconciliation.

– Ah, ça c'est le bienvenu, Mme Ringer, merci.

– C'est quoi, Maman ?

– Je vous ai fait des nids d'amour.

– Ah oui, et il n'y avait aucun message subliminal dans ton choix du gâteau ?

– Sublingual, tu veux dire, précisai-je.

– Oh ! qu'elle est mauvaise ! Comment faire passer des messages à une Américaine quand elle ne comprend pas les subtilités de la langue ?

Je me la suis mordue pour ne pas lui répondre que d'autres ne comprenaient pas la langue de la subtilité.

Les nids étaient délicieux, la conversation sous contrôle, trois bouteilles allégées de leur contenu, et à l'horizon un temps calme.

Nous avons réussi à partir dans un semblant de bonne entente familiale.

13

Comment le rythme n'est pas dans la peau mais dans la glande pinéale

Paul s'est montré un peu sceptique pour l'expérience du sommeil, et j'ai dû me rendre dans son cabinet de consultations pour le convaincre de participer. Il m'a reçue entre deux patients, et cet environnement, le mettant en scène dans son rôle de savant de la psyché, a changé la nature de notre dialogue. Après l'avoir écouté, je me suis trouvée malgré moi (sans aucun doute influencée par les recommandations d'Andy) dans un discours très « psy ».

– J'ai passé les vingt dernières années à étudier avec mes patients la signification de leurs rêves. Les associations d'idées permettent d'en comprendre l'origine, encore faut-il décoder les indices significatifs et leur sens. Je ne suis pas convaincu qu'avec quelques appareils vous puissiez avoir un accès direct aux pulsions intimes de mon cerveau.

– Vous savez mieux que moi que Freud tenait compte dans ses analyses de ce qu'il appelait les « réactions organiques » ; les effets physiques de certains organes sur les rêves. Nous nous proposons simplement d'appliquer cette approche dans l'autre sens : de regarder les effets des rêves sur un organe.

– Puisque vous parlez si savamment de Freud, vous ne pouvez pas ignorer qu'il vous aurait dit que votre mesure physique résultera d'un grand nombre d'influences que vous ne serez pas capable de dissocier par le simple constat d'une érection.

– Nos objectifs ne sont pas les mêmes que les vôtres. Nous cherchons seulement à déterminer le type d'influence qui, ajouté à tous les autres déjà en circulation dans vos neurones, vous rendra le désir physique.

Le voyant partir dans une sorte de rêverie, je me suis empressée d'ajouter :

– Pour Danielle, pour votre femme. Nous ne cherchons pas à savoir pourquoi cette influence est la bonne, nous voulons uniquement l'identifier.

Il n'a pas répondu tout de suite, et l'intensité qui habitait son regard pendant cette période de réflexion me fit penser qu'il était en train de sonder une question beaucoup plus fondamentale que la faisabilité technique ou la crédibilité théorique de la démarche. Il s'interrogeait sur lui-même. Avait-il vraiment envie de retrouver sa femme ? La réponse était un postulat, la base sur laquelle je n'avais aucun pouvoir. Ma motivation et ma détermination à infléchir les événements vers une logique « biologique » se heurtaient ici à une fin de non-recevoir. Quelles lectures, quels souvenirs de conversations, événements, croyances, venaient tourbillonner autour des signaux provenant de sa femme ? Quel rôle s'était-il attribué dans son scénario d'avenir ? Il était en train de décider si oui ou non il avait envie de courir le risque de retomber amoureux de Danielle. Et je n'y pouvais rien. J'attendais donc, silencieuse et immobile, attentive à ne pas troubler sa concentration.

Quand il m'a regardée de nouveau, j'ai eu accès durant une fraction de seconde à l'émotion nue qui traduisait l'ensemble des processus cérébraux porteurs de sa décision. Son regard avouait sa nostalgie, ses peurs et sa solitude, et j'ai compris qu'il avait besoin de retrouver sa partenaire. Ce n'est pas pour autant qu'il a baissé la garde :

– Je veux bien me prêter à votre manipulation, mais c'est vraiment pour vous rendre service. Je souhaiterais néanmoins que vous partagiez vos données avec moi, je pense pouvoir les exploiter de mon côté.

Il croyait peut-être qu'on allait visionner ses rêves comme au cinéma ? Il voulait qu'on enregistre l'ensemble du processus afin d'en tirer son autoanalyse. Je ne lui ai rien promis, non seulement parce que je pensais qu'il serait déçu par l'absence de Technicolor, mais aussi parce qu'il n'est pas bon de tout savoir. Ni sur soi, ni sur les autres. La suite des événements ne nous a pas donné tort sur ce point.

Le soir de l'expérience, l'atmosphère était empreinte d'une incrédulité palpable. Par quelle étrange démarche se trouvait-on réunis ici au milieu de la nuit, bien décidés à faire parler un pénis ? Pour couronner le tout, un moment assez délicat au cours de l'installation a bien failli briser définitivement notre réputation de crédibilité.

Le pléthysmographe est une sorte de flexible dans lequel on fait glisser le pénis, et en cas d'érection, le changement de pression à l'intérieur du flexible permet d'enregistrer discrètement l'événement. Sans pléthysmo, on imagine la délicatesse de l'observation en tête à tête (si j'ose dire). Et pourtant, cette éventualité a failli arriver à cause d'une forme assez inhabituelle du pénis de Paul en « tire-bouchon » (plus prosaïquement « en queue de cochon », mais l'ambiance ne se prêtait pas à ce genre d'humour).

– Désolé, euh, excusez-moi, mais est-ce que vous pouvez tirer, là ?

– C'est censé serrer comme ça ? Je vais rester handicapé moi !

– Non, non, ne vous inquiétez pas, il faut que ce soit très ajusté pour mesurer avec précision les changements de pression.

On y est arrivés finalement, et Paul s'est endormi très rapidement (il s'était privé de sommeil la veille), ce qui nous a soulagés. On a surveillé les ondes enregistrées par l'électroencéphalogramme, et quatre-vingts minutes après l'endormissement, on a vu les ondes delta céder la place aux ondes béta, désynchronisées, tandis qu'en même temps les mouvements des yeux sous les paupières sont devenus nettement visibles. Aucun signe d'érection dans l'immédiat.

– Passe le premier enregistrement de Danielle.

Alex s'est exécuté, et on a entendu dans nos casques la voix de la jeune femme :

– Viens m'embrasser, chéri.

Le ton était plaintif, ou peut-être craintif, difficile à identifier, mais en tout cas, pour utiliser le terme de circonstance : pas bandant.

– Ce qui est gênant (comme si le reste ne l'était pas), c'est que nous ignorons si le petit combat entre le pénis et le pléthysmo ne l'a pas totalement inhibé. Peut-être que la voix de Danielle aurait pu l'exciter sans cet incident.

– Très facile à savoir, chère Lisa ! a affirmé Andy. Il existe une voix qui fera mouche s'il a encore la moindre prédisposition.

Alex a sursauté.

– Malheureusement je n'ai pas enregistré la voix de ma petite amie en train de susurrer « embrasse-moi Paul ».

Il en avait le visage convulsé. On a échangé des regards parlants, avec Andy, puis j'ai demandé à Alex :

– Appelle-la, s'il te plaît.

– Ah non ! Tu plaisantes !

– Alex, pense aux frontières de la science qu'on est en train de repousser ce soir, essaie de voir Macy comme un modèle expérimental.

Son visage, lui, était un modèle de l'expression sarcastique :

– C'est ça, tu as raison, je ne suis pas raisonnable ; bien sûr que je vais mesurer très objectivement la taille de l'érection provoquée par la voix de ma petite amie sur un autre homme.

– Tu ne feras que mesurer en centimètres quelque chose que tu mesures tous les jours dans leurs regards.

– Bizarrement je trouve les regards moins menaçants que le pénis en érection.

Il a quand même pris son téléphone portable pour réveiller Macy. Il n'était que minuit et elle n'était pas encore couchée. On l'entendait expliquer ce qu'on attendait d'elle, quand soudain Andy m'a tirée par la manche : l'événement attendu chez Paul s'était produit avant même la voix de Macy. On pouvait être rassurés quant à l'intégrité de ses capacités après l'incident anatomo-morphologique du flexible.

– Vous croyez que c'est parce qu'il a entendu Alex dire « chérie je t'aime » ? Peut-être qu'il est homosexuel.

– Tu peux vérifier ça tout de suite avec la fameuse phéromone qui n'attire que les femmes et les homosexuels, et dont on doit badigeonner Macy.

– Ah oui. Bonne idée.

Le flacon était en attente sur notre table d'équipements. Je l'ai ouvert pour approcher le goulot du nez de Paul. Coïncidence ou pas, le pléthysmographe a enregistré un dégonflement immédiat.

– Pas de réaction de type homosexuel à la phéromone. Peut-être qu'il était juste en train de faire un rêve érotique.

– Réveille-le pour lui demander de raconter son rêve.

Cela faisait partie du protocole, en effet, alors j'ai caressé doucement son épaule, en lui chuchotant à l'oreille :

– Paul, c'est Lisa, nous sommes dans la clinique du sommeil et vous venez de faire un rêve. Vous pouvez me le raconter ?

Il n'a pas ouvert les yeux, à demi immergé dans le monde du rêve, et il parlait avec une voix pleine de regret tout en réarrangeant la position de son pénis :

– Je faisais l'amour avec Danielle. Elle était déchaînée, elle soulevait ses fesses, puis son père a téléphoné et elle a été aspirée dans le combiné du téléphone. Elle a disparu. Vous l'avez vue ?

– Euh, non, désolée, essayez de vous rendormir, Paul.

Il somnolait déjà. Andy jubilait :

– C'est le cobaye presque parfait.

– Mais peut-être est-il aussi tordu dans sa tête que dans…

Je l'ai interrompu.

– Ça va, Alex, ça va. Je me demande s'il est réceptif à la parole pendant le sommeil. Peut-être que les phéromones passent, mais pas le sens des mots.

– Je pense qu'on sera fixés dès le prochain cycle. Les textes du Marquis ne peuvent pas laisser indifférent.

Tout est fin prêt : l'exhibitionnisme, le sadisme, la pédophilie, la sodomie, l'échangisme et la masturbation sont sagement alignés sur mes bandes d'enregistrement par la douce voix de Danielle.

– Et ça t'a intéressé, Alex ?

– C'est comme Danielle m'a dit : les récits du Marquis sont aussi improbables qu'excitants. Infaisables mais inspirants. Elle est partie l'œil brillant, et je suis persuadé que la partie la plus importante de nos manips se construisait dans la simple lecture de ces horreurs. Ça va l'inspirer dans ses rapports avec son mari.

– Quelle ambiguïté, quand même. Dans le fond, Andy, sommes-nous tous des monstres ?

– Nous sommes tous des monstres avec un cortex préfrontal qui empêche le monstre d'agir.

– Quelle espèce étrange.

– Mais c'est ça qui est intéressant.

« Elle soulevait ses fesses », avait dit le monsieur. La position de lordose classique qui constitue une invitation irrésistible. Tout avait l'air de fonctionner normalement dans ce petit brin d'imaginaire, et je commençais déjà à réfléchir sur l'attitude adéquate pour Danielle. En attendant, la deuxième phase de sommeil paradoxal était entamée et le technicien avait commencé à passer la bande d'enregistrement. Chacun a écouté attentivement dans son casque de contrôle, comme si on suivait un match de foot, mais en évitant de se regarder. Sauf Andy, qui faisait des clins d'œil au technicien.

L'érection fut au rendez-vous, comme une mécanique bien rodée. Le technicien en était admiratif:

– C'est une véritable horloge, votre homme. Très fiable.

– Ce n'est pas toujours le cas ?

– Oh, l'érection fait partie des signes habituels du sommeil paradoxal, mais c'est plus ou moins solide. Lui, en plus, obéit à des cycles très réguliers, à la demi-minute près.

Nous arrivions à la fin de la lecture des extraits, et le tout dernier n'était pas du Marquis. C'était une fantaisie qu'Andy avait fait ajouter à la liste, et à l'écoute on comprenait pourquoi. Elle collait parfaitement à sa thèse sur l'orgasme féminin :

– « Oui, je suis cruelle, puisque ce mot vous plaît tant – et n'y aurais-je pas droit ? L'homme est celui qui désire, la femme celle qui est désirée. L'avantage entier mais décisif de la femme. Par sa passion, la nature a déposé l'homme entre les mains de la femme, et la femme qui ne sait comment en faire son sujet, son esclave, son jouet, ni comment le trahir à la fin avec un sourire, n'a aucun savoir. »

La période de sommeil paradoxal était déjà bien entamée, mais une nouvelle érection impressionnante coïncida parfaitement avec ce passage.

– Doit-on considérer que l'on a obtenu un effet significatif ?

Je posais la question à mes deux coexpérimentateurs. Ils avaient tous les deux l'air légèrement gênés, comme si… comme si eux aussi avaient subi les effets de ces quelques phrases.

– Bon, on dirait que oui. Le message est clair, mais on va vérifier lors de la prochaine phase paradoxale que l'effet est reproductible. De qui est ce texte ? De vous, on dirait, Andy, tellement il colle à vos propos.

– Non, non, ce n'est pas de moi, mais il est très satisfaisant de constater que nos thèses sont conformes à des observations vieilles de quelques centaines d'années. C'est Leopold von Sacher-Masoch qui a écrit ces lignes.

– À vos souhaits !

– Tu ne connais pas, jeune Alex, *La Vénus à la fourrure* ? Le jeune scientifique est de plus en plus inculte de nos jours. Tu as entendu parler quand même du masochisme ?

– Ah, il fallait commencer par là ; j'étais obnubilé par l'évocation d'une sacher-torte plutôt. Mais le sadomasochisme, n'est-ce pas du fétichisme ? Aimer faire mal aux autres ou qu'on vous fasse mal, c'est ça qu'on est en train de découvrir chez Paul ?

– Non, on est en train de découvrir que Paul est un homme tout à fait dans les normes, il voudrait une femme qui impose sa désirabilité, qui exige une cour assidue. Un homme ne peut pas être valorisé par une femme soumise ; il faut toujours qu'il soit clair dans le couple que la femme admet avec réluctance les avances de son mâle. Ce n'est qu'ainsi qu'il garde son prestige parmi ses pairs. Et même son estime de soi.

Je me suis surprise à manipuler mes boucles d'oreilles pendant qu'Alex essayait de comprendre le discours d'Andy.

– Donc Danielle a eu raison de lui proposer les menottes et le fouet ?

– Malheureusement on ne peut pas remplacer une attitude mentale par le port d'un symbole. Il y avait un décalage énorme entre sa façon de se présenter et la réalité de ses sentiments. D'où l'échec et le goût un peu sordide qu'elle a ressentis.

– Donc le vrai masochisme est dans la tête ?

– Exactement. Mais il faut bien reconnaître que les manifestations de ce qui se passe dans la tête peuvent prendre de multiples formes. Certaines personnes trouveront leur compte dans des mises en scène, mais ce n'est pas l'essentiel, ce n'est qu'un artefact.

– Et d'après votre thèse tous les hommes seraient masochistes ?

– Il faut garder à l'esprit le terme « désirable » qui implique la notion d'inaccessibilité. L'assouvissement du désir, la soumission, c'est comme un lion qui a attrapé sa proie et l'a dévorée.

– Donc une femme doit refuser de faire l'amour ?

– Non, ce n'est pas un assouvissement physique dont je parle, mais une prise de pouvoir intellectuelle. C'est une question de posture beaucoup plus qu'une question de masque noir et de tenue en caoutchouc.

J'avais posé ma tête sur la table, je commençais à fatiguer, il était deux heures du matin et je n'avais pas l'habitude de veiller, mais il fallait aller jusqu'au bout. Je me suis mêlée à leur conversation :

– Et notre amie Danielle s'est soumise. Elle a peur et elle ne met plus jamais en doute sa disponibilité pour lui. Pourtant il ne demande que ça. Il veut qu'elle agite ses fesses pour le provoquer, pour le faire marcher, quémander…

– Eh bien demain, nous trouverons l'objet de sa peur, en espérant qu'il existe un remède.

La nuit nous avait apporté un certain nombre de renseignements concernant Paul, mais ce qui me frappait, plus que les effets de certains mots, c'était la simple physiologie circadienne de la mécanique de l'érection. Chaque épisode de sommeil paradoxal chez Paul s'accompagnait de cette manifestation, et le technicien avait confirmé que ses cycles étaient particulièrement réguliers. Suffirait-il de tirer profit de ce cerveau en bonne santé rythmique ? Entre deux cycles, nous avons libéré le pénis de Paul. L'effet « queue de cochon » permettait un mouvement beaucoup plus aisé dans ce sens. À son réveil, Paul nous a raconté des rêves de vierges esclaves qui le préparaient pour une rencontre avec une déesse, par des soins très intimes.

14

Comment on peut être frustré en gagnant

Le lendemain matin fut très chargé, nous devions mener l'expérience pour chercher les craintes inavouables de Danielle, mais en même temps profiter de son immobilisation pour exposer son mari à une Macy « castrée » olfactivement. J'avais donné à Macy le flacon de phéromones, en lui conseillant d'en mettre dans ses cheveux et sous ses aisselles. Elle est arrivée au cabinet presque en larmes :

– Je ne pourrai pas supporter d'être comme ça très longtemps ; je ne sais plus qui je suis.

– Qu'est-ce qui se passe ? (J'étais secrètement ravie des effets flagrants des phéromones, car on n'arrête pas de m'affirmer qu'ils sont inexistants.)

– Personne ne m'a souri, pendant tout le trajet, et le chien du boulanger m'a mordu la cheville. Heureusement que j'avais un pantalon. Et même le boulanger m'a regardée comme s'il voulait me mordre.

– Tu n'as pas vu Alex au moins ?

– Non, et il ne faut surtout pas qu'il me voie, ou

plutôt qu'il me sente, comme ça. Les gens sont devenus rudement agressifs à mon égard. Dès que c'est fait je vais rentrer me doucher.

J'ai eu un petit moment de crainte en me disant que les molécules étaient peut-être tellement accrochées à ses cheveux qu'elle serait obligée de se raser la tête pour s'en débarrasser. Mais bon, en attendant il fallait mener à bien notre tâche.

– J'attends Paul d'un instant à l'autre. Mets-toi en place, et quand tu l'auras installé dans mon bureau, tu pourras venir nous servir un café pour qu'on multiplie les expositions.

– D'accord – houps ! le voilà ! Vite !

Je me suis empressée de regagner mon cabinet, il ne fallait pas qu'il y ait la moindre confusion pour le cerveau de Paul quant à l'origine des phéromones qui allaient l'atteindre. J'ai tendu l'oreille derrière ma porte pour tenter de déceler les premiers effets dans le son de sa voix.

– Ma... cy ?

Un monde s'était glissé entre le début et la fin de ce mot. Ça marchait, c'était sûr. Macy me dirait plus tard, qu'il l'avait regardée d'abord d'un air interrogateur, ensuite en se tournant de côté pour ne plus lui faire face, et finalement avec une petite expression de dégoût. Les phéromones n'ont aucun parfum, aucun indice de l'origine de cette métamorphose ne pouvait lui parvenir. L'effet fut tellement flagrant qu'elle a osé le provoquer pour jouer un peu :

– Tiens, Paul, je suis contente de te revoir.

– Euh, oui, je suis venu pour mon rendez-vous, je crois que je suis un peu en retard. (Le regard fuyant, la tête légèrement baissée.)

– Oh, d'accord, on aura peut-être le temps de bavarder après ?

Il n'a pas répondu. Incroyable. Elle n'avait pas d'autre option que de le faire entrer dans mon bureau. Après quelques politesses sur son manque de sommeil et ma proposition de café, j'ai lancé la suite des opérations :

– Paul, comme prévu, je vais vous laisser avec Andy qui va analyser avec vous le tracé de votre nuit de sommeil.

En réalité, l'analyse était déjà faite, et nous n'avions aucun intérêt à en faire part à Paul avant la fin du programme. Andy devait simplement l'occuper pendant les deux heures dont j'avais besoin avec Danielle. Il fallait surtout exposer le cerveau de Paul à Danielle, dans la petite fenêtre de temps après sa libération de l'emprise de Macy et avant qu'il ne rencontre d'autres femmes. Je savais Andy très adaptable ; il n'aurait aucun mal à tenir un discours adéquat.

– Je vous dis à tout à l'heure, avec Danielle.

– Ah oui, avec Danielle (déjà la magie des molécules manipulatrices) : elle arrive quand ?

Je l'ai laissé entre les mains expertes d'Andy, que j'ai entendu en partant lancer la conversation sur la signification des rêves érotiques pour son peuple bien-aimé, tout en commentant les enregistrements de Paul.

Danielle était installée au laboratoire dans une cage d'électrophysiologie qu'on avait aménagée pour elle. Elle avait l'air effrayée par les multiples câbles, pinces, oscilloscopes et autre grille de Faraday. Mais c'était voulu, on avait tout fait pour ça.

– Tenez, Danielle, voici la sonde qu'il faudrait tranquillement installer dans le rectum ; vous pouvez aller le faire dans la pièce à côté. Ensuite on vous assoira ici pour mettre les sondes dermiques et les électrodes pour l'électrocardiogramme. Ça va aller ou vous avez besoin d'aide ?

– Non non, ça ira, je vais me débrouiller.

Effectivement, elle n'a pas fait de manières, et elle est très rapidement revenue pour s'installer au centre d'un dispositif digne de Frankenstein.

– Danielle, tous les éléments dont nous disposons portent à croire que votre mari ne demande qu'à se soumettre à votre volonté de femme.

J'ai respecté une petite pause, mais elle n'a ni relevé, ni contredit.

– Nous allons essayer de trouver ensemble ce matin les raisons pour lesquelles vous ne pouvez pas le laisser vous séduire.

Je regardais les tracés, suite à ma façon brutale de la confronter avec son problème. La conductance de la peau a brusquement augmenté, et l'anus s'est contracté.

Les pupilles aussi étaient minuscules. Je devais simplement vérifier que ces signes physiologiques concordaient avec son discours :

– Vous êtes consciente de ce problème ?

– Oui ; quelque chose ne fonctionne pas chez nous, et je n'aime pas en parler.

Déjà on pouvait se féliciter du rapprochement entre ses signes physiologiques de réactivité émotionnelle et la lecture subjective qu'elle en faisait. De tels sujets sont généralement très réactifs, ce qui nous aiderait à trouver la source du problème.

– On va essayer quelque chose. Je vais vous présenter une série de flacons avec des liquides qui n'ont pas forcément d'odeur. Si jamais vous ressentez quelque chose en les reniflant, vous me le dites, d'accord ?

– OK.

J'ai fait passer en premier la phéromone typique du mâle dominant utilisée par Macy. Sa réaction fut classiquement féminine : les pupilles se sont dilatées et son cœur s'est ralenti :

– Cette substance me donne un sentiment de bien-être, très agréable, de sécurité et de détente. Mais en même temps une petite excitation, comme s'il allait se passer quelque chose d'intéressant et d'agréable.

Elle n'était pas lesbienne. Je disposai ensuite les phéromones de Georgiana qui représentaient des phéromones féminines prélevées à des moments différents du cycle. On les a passées une à une, avec une pause entre chaque, sans effet très marqué, jusqu'à ce que l'une d'elles provoque une réaction typique de panique : accélération cardiaque, transpiration et contraction des pupilles. Danielle était parfaitement capable dans ce cas aussi de décrire ses sentiments qui correspondaient aux manifestations physiologiques :

– Je ressens de la méfiance, je dirais même de la haine. Je sens que je vais m'enfuir.

Cette réaction était anormale ; il s'agissait de la fameuse phéromone synchronisatrice des cycles menstruels chez les femmes en communauté. Je devais en conclure que Danielle faisait une réaction au groupe féminin. J'ai retiré le flacon, en poursuivant :

– Vous allez maintenant fermer les yeux et partir d'ici. Imaginez-vous dans un endroit isolé avec votre mari ; une île, une maison, un coin de forêt, peu importe. Il n'y a que vous deux et personne d'autre...

Je n'ai pas eu besoin d'en dire davantage. Son rythme cardiaque s'est nettement ralenti et la conductance de la peau était en baisse. Elle aurait donc une peur paralysante de la compétition. J'ai décidé de vérifier le résultat avec un deuxième passage :

– Essayez d'exprimer exactement vos sentiments en reniflant à nouveau ce flacon.

Elle l'a tenu un peu éloigné d'elle, comme si le liquide pouvait l'agresser, et avant même de l'approcher les signes physiologiques se sont manifestés. Je n'avais pas remarqué la première fois la rétraction de l'anus : une montée de pression dans la sonde qui faisait croire qu'elle mettait ses intestins à l'abri. C'était une réaction de défense plus qu'une réaction de peur. Elle aurait été bizutée par un groupe de filles ? Elle ne connaissait pas le contenu du flacon, son discours ne pouvait pas être biaisé.

– Je me sens menacée.

– Physiquement ?

– Oui. Je sens que je vais devoir faire des choses dont je n'ai pas envie.

– Quel genre de chose ? Vous pouvez préciser ?

– (En me regardant d'un air craintif.) Sexuelles.

Voilà de l'insolite. Autant elle réagissait bien à la phéromone du mâle dominant, autant elle avait peur de l'ambiance féminine. Peur des assauts sexuels des femmes ?

– Vous craignez que les femmes vous obligent à faire des actes dont vous n'avez pas envie ?

– Oui.

Sa réponse orale s'accompagnait d'un nouveau spasme du rectum.

– OK, je vais vous dire. J'ai très peur de la sodomie.

– La sodomie ? Par des femmes ?

– Non, mais non, vous n'avez pas compris.

Clairement.

– C'est très délicat, je ne sais pas comment vous en parler.

– Seriez-vous plus confortable sur une chaise, à présent ? Je crois que l'expérience a rendu ses résultats.

– Oui, merci. Je peux me défaire de votre appareil ?

– Bien sûr.

On s'est retrouvées dans mon bureau. Elle m'a expliqué avec beaucoup d'hésitations et de non-dits que son mari avait pris la fantaisie d'essayer de la sodomiser, mais que cette expérience lui avait été extraordinairement douloureuse (je n'ai pas pu m'empêcher de visualiser l'incident du pléthysmographe). Elle s'était focalisée sur cet échec et s'est convaincue que son mari trouverait son bonheur ailleurs. Une année avait suffi à la rendre pathétique, à l'affût de signes de désintérêt pour elle et d'intérêt pour les autres femmes. Elle avait induit le projet d'infidélité de son mari par son propre comportement de défaite. Elle avait bien fait de venir me voir, je me croyais maintenant capable de lui donner une clé pour se libérer.

– Vous savez, Danielle, que nous avons passé la nuit dernière tout entière avec votre mari.

– Pour une expérience, n'est-ce pas ?

Il y avait un léger tremblement dans sa voix. J'ai fait « oui » de la tête.

– On a pu relever certains points concernant la neurobiologie de votre mari qui seront, je crois, très utiles dans votre façon de gérer cette crise. Paul, de toute évidence, a un rythme circadien très marqué et fiable : la régulation de ses hormones et neurotransmetteurs est calibrée comme une horloge toujours à l'heure, et vous pouvez essayer d'exploiter cette qualité chez lui.

Elle était très concentrée, elle attendait la recette du bonheur, et je la lui ai livrée en trois points :

1. Son mari attendait une attitude autoritariste de sa part ; il fallait qu'elle impose sa désirabilité.

2. Le cycle circadien en très bonne santé de Paul lui laissait un créneau de vulnérabilité particulière vers six heures du matin, où il serait très prompt à répondre à toute sollicitation sexuelle.

3. Mettre son réveil une heure plus tôt trois fois par semaine et oser quelques gestes et chuchotements propres à déchaîner les passions créerait en peu de jours une complicité exclusive liée à tous les indices de leur intimité, très difficile à atteindre par une tierce personne.

– Il va trouver ça bizarre, non ? Je ne voudrais pas qu'il me méprise, comme la dernière fois, vous savez...

– Je pense que vous allez trouver qu'il vous regarde différemment à partir d'aujourd'hui. Nous avons fait un travail important avec lui. Travaillez déjà sur votre propre désir, avec quelques lectures bien choisies, par exemple, puis contentez-vous de l'en faire profiter. On va le retrouver maintenant ?

Nous sommes parties vers mon cabinet rejoindre Paul et Andy. Ils étaient en train de conclure, et Paul m'a regardée avec le même dégoût qu'il avait manifesté lors de sa première visite. Son accueil de Danielle, en revanche, fut très chaleureux. J'attendais un petit clin d'œil de reconnaissance ou de complicité de la part de Danielle, mais elle a été tout de suite absorbée par son nouveau rapport privilégié avec Paul. J'ai étouffé ma déception, c'était le but après tout.

Après leur départ, Andy m'a expliqué que Paul s'était convaincu pendant le suivi des tracés qu'il avait trouvé un nouvel élan d'amour pour Danielle dans le rêve qui lui rappelait son devoir envers le père de sa femme.

– Vous ne lui avez pas expliqué notre démarche ? Il n'a rien compris !

– Tu voulais qu'il comprenne, ou tu voulais que la passion renaisse entre sa femme et lui ? Tu as trouvé le problème de Danielle, au fait ?

– Une mauvaise expérience de sodomie l'a démoralisée.

– Je m'en suis douté. C'est un jeu beaucoup plus compliqué et plus dangereux qu'il n'y paraît ; à mon sens, il faudrait passer un examen avant d'y avoir droit !

– Ah oui, et l'on examinerait quels types de connaissances ?

– La culture grecque et les droits de l'homme.

15

Comment le destin finit toujours par exiger ses comptes

Quand on s'est penché pendant une longue période sur un problème absorbant, sa résolution s'accompagne de plusieurs sentiments. On est content de pouvoir reprendre une vie normale, donner du temps à d'autres projets en attente, mais on ressent également un deuil : cette occupation excitante nous manque et nous rend fébriles, quasi maniaques, anxieux de nous lancer dans une nouvelle aventure pour combler le manque.

J'étais dans cet état d'esprit, doublé d'un sentiment de non-conclusion. Paul et Danielle étaient partis main dans la main, sans regarder en arrière, et je guettais encore le téléphone, espérant de leurs nouvelles et, il faut bien le reconnaître, une forme de remerciement pour notre manière astucieuse et discrète d'avoir géré leur problème. Ils n'ont pas appelé. Andy, occupé à ranger ses affaires dans mon bureau, s'est moqué de mes soupirs :

– Cupidon ne doit pas se nourrir de gratitude ; tu as choisi un métier où, comme disait ce brave Falstaff,

« La meilleure partie de tout acte valeureux est la discrétion. »

– Je voudrais juste savoir si ça marche, s'ils sont heureux, s'ils ont bien suivi les consignes…

– Pas de nouvelle, bonne nouvelle.

– Ça me laisse dans l'incertitude. J'ai besoin d'enterrer le corps pour passer à autre chose, et j'ai besoin de reconnaissance pour m'encourager à m'investir à nouveau.

– Il faudrait que tu changes de métier. Fais Père Noël, ou champion olympique. Tu crois que les gens veulent penser à toi quand ils jouissent ? Ou quand ils se disent « Je t'aime » ? Tu es dans une situation genre « Catch 22 ». Si ça fonctionne, ils croient à l'amour, et l'amour est un processus unique entre deux individus qui trouvent une entente unique. Admettre l'existence d'un processus de régulation dans l'amour, c'est renier le sens de l'amour. Tu ne peux pas y avoir de place, et si jamais ils admettaient ton rôle, et qu'ils venaient t'apporter des cadeaux, il faudrait t'inquiéter, ça voudrait dire qu'ils ne sont pas amoureux.

– Vous me condamnez à un rôle bien ingrat.

– Oui, il faudrait que tu penses à te faire payer de grosses provisions au début de tes consultations.

– Mais comment saurai-je si j'ai réussi ? Si mes techniques ont marché ?

– Par le fait qu'ils ne te contacteront plus, et que si tu les croises dans la rue, ils tourneront la tête pour ne pas te voir.

– Comme si j'étais une faiseuse d'ange au lieu d'une faiseuse d'amour.

– Pense à l'essentiel, pense à l'amour qui est de nouveau là. Tu vois que ton os est toujours visible pour l'instant. Quand tu sauras tourner la page avec satisfaction sur chaque nouveau chapitre de mauvaise foi amoureuse, tu seras une guérisseuse digne de ce nom.

Grâce à cette conversation, j'ai pu me comporter discrètement quand j'ai croisé Danielle un soir au bar du Lutetia. Elle était avec une dame plus âgée, et elle avait des cernes, mais son allure était très différente de celle que j'avais connue. Elle se tenait plus droite et chacun de ses mouvements était imbu d'autorité. Son visage était radieux de bonheur. Je lui ai laissé sa victoire intacte, en faisant semblant de ne pas la voir, et en m'installant dans le salon d'à côté.

J'ai été en revanche comblée par l'histoire d'Alex et Macy : ils sont partis ensemble pour un séjour aux États-Unis, afin que Macy puisse présenter son nouvel ami à ses parents. Comme le chercheur bénéficie là-bas d'un prestige et d'une considération qui restent encore illusoires en France, où il est taxé de fou dangereux, les parents de Macy m'ont été reconnaissants.

Andy aussi se préparait à partir ; il allait passer quelques mois au centre Yerkes pour observer les comportements sociaux des grands singes. Je me suis moquée de lui en disant que les singes n'auraient pas beaucoup de conversation, mais il avait l'air abattu :

– Plus je fréquente les singes, moins j'aime les hommes : les singes font comme eux, mais au moins ils y mettent les formes.

– Mais vous m'abandonnez. Comment vais-je pouvoir gérer ma belle-mère le dimanche, sans vous ?

Il s'est arrêté d'entasser ses articles et revues dans une caisse pour s'asseoir en face de moi. Il avait l'air perplexe, et je me suis sentie angoissée, tellement j'avais l'habitude de sa sagesse tranquille.

– Alors tu ne sais pas ?

– Quoi ?

Ma bouche était subitement sèche.

– Je croyais que c'était par discrétion que tu ne disais rien.

Il devait voir sur mon visage que la panique me gagnait, car il m'a tenu la main et son regard s'est éclairci : on aurait dit qu'il s'amusait.

– Ma petite Lisa, ta belle-mère va te dérouler le tapis rouge maintenant que tu es enceinte.

– Je ne peux pas être enceinte, je prends la pilule. Je n'ovule plus, je n'ai même plus de règles, je suis en préménopause.

– Tu crois qu'une petite dose de stéroïdes aurait pu empêcher la poussée de FSH-LH que ton mari a su provoquer dans ton hypophyse ces derniers temps ?

– Mais qu'est-ce qui vous fait croire que je suis enceinte ?

– C'est incroyable comment vous autres femmes dites civilisées êtes dans la négation de votre corps. Tu ne ressens pas en toi le courant progestéronique qui se lit sur ta figure ? Ta peau est nourrie, tes seins sont plus lourds, ton visage est plus rond et ça fait cinq jours que tu refuses le café le matin.

Tout d'un coup, effectivement, j'ai bien ressenti une vague de nausée. Ça devait être le choc. Non, c'est vrai ! J'avais bien la nausée et des douleurs dans les seins ; je les avais ignorées.

– Mais je ne voulais pas tomber enceinte.

– Oui, c'est ce que tu crois. La petite partie de ton cerveau en opposition avec ta belle-mère ne voulait peut-être pas, mais tout le reste s'est ligué pour rendre possible quelque chose que ton cerveau amoureux souhaite ardemment. Baisse un peu ta garde, Lisa, laisse-toi aller avec le flux de la vie.

– Mais si c'est vrai, vous ne pouvez pas partir, j'ai besoin de vous.

– Ne t'inquiète pas, je reviendrai au bon moment. Mais pour l'instant, tu ne crois pas qu'il faudrait en parler au principal intéressé ?

– Oui. Bien sûr. J'y vais.

Je me suis arrêtée en route pour m'asseoir sur un banc dans un petit jardin, près d'une pharmacie, le test de grossesse entre les mains. Je réfléchissais, en tapotant la boîte de mes ongles vernis. Quel sacré piège quand même que cette biologie ! À peine les hormones avaient-elles commencé leur travail insidieux, que je jouais déjà à fond ce nouveau rôle de maman dans la mise en scène universelle de l'amour maternel. Mon enfant ne pleurerait pas la nuit, mangerait bien et serait toujours souriant. On parle souvent de l'aveuglement de l'amour romantique, mais le phénomène est aussi puissant pour l'amour de l'enfant. Bannies de ma tête les images négatives d'enfants pénibles, coûteux, dérangeants, ingrats. Je ne voyais plus que du bonheur.

Le temps d'arriver à la maison, j'étais déjà à la recherche de prénoms et d'idées de décoration pour la chambre. Je m'étonnais moi-même, c'était comme si une barrière avait cédé, et qu'un flot se déversait d'un coup, brisant sur son passage toute une série de constructions grises.

Quand est arrivé le moment de lire le test, j'étais tellement enceinte dans ma tête, tellement investie par mon nouveau rôle, que j'aurais été douloureusement déçue s'il avait été négatif.

Il était positif. J'ai ri à haute voix, et j'ai esquissé toute seule dans ma salle de bains quelques pas de danse.

Je n'avais eu le temps de rien préparer, que j'entendais la porte s'ouvrir, et David qui m'appelait :

– Tu es là ? Tu es déjà là ?

Il s'était répété plus doucement en me voyant venir à lui, le sourire radieux.

– Qu'est-ce qu'il y a ? Tu as gagné au loto ?

– Beaucoup mieux.

– Tu auras trois papiers publiés dans *Nature* la même semaine ?

– Beaucoup mieux.

– Oh ! Alors, tu as eu une immense bourse de l'Europe pour le labo.

– Beaucoup, beaucoup mieux.

– Je donne ma langue au chat.

– Donne-la-moi d'abord.

Je l'ai embrassé, longuement, voluptueusement. Et brusquement il s'est écarté pour me regarder.

– Tu ne vas quand même pas me dire que tu es enceinte ?

– Aha.

– Mais tu ne voulais pas.

– Il faut croire que je ne savais pas ce que je voulais.

– Mais tu es contente ?

– Tellement.

Il m'a prise par la main pour m'emmener au salon, et on s'est assis sur le canapé. Il a enfoui son visage dans ses mains et il a pleuré. Ce qui m'a fait pleurer avec lui.

– Je veux faire quelque chose pour toi, mon amour, dis-moi de quoi tu as envie, n'importe quoi, je vais le chercher.

– Rien, je n'ai besoin de rien.

– Si, moi j'ai besoin de m'occuper de toi. Qu'est-ce que tu veux manger ce soir ? Je veux aller chercher quelque chose d'exceptionnel. Une femme enceinte ça doit manger quoi ?

– Oh, des fraises en hiver, des harengs aux oignons crus, du foie de morue, des cuisses de scarabée…

– Il doit bien y avoir quelque chose qui te ferait

plaisir, dis-le-moi, tu me rendrais service, il faut que j'agisse, il faut que je puisse t'aider.

– D'accord, OK, dans l'immédiat, j'ai plutôt envie d'un Merveilleux.

– J'y vais. Je prendrai aussi des plats chez le traiteur italien, ça va ?

– Merci, Darling, à tout de suite. Je prépare la table.

J'ai ressorti les petites lumières colorées « de la réconciliation ». J'ai déplié une nappe blanche brodée et installé le service en faïence de Moustiers de ses grands-parents. Je lui ai mis à rafraîchir une très bonne bouteille de bourgogne blanc. Je me suis douchée avec du gel « mandarine, citron vert et basilic » et j'ai enfilé une chemise transparente, une jupe très serrée en velours et une ceinture en cuir verni. Ensuite je me suis assise dans le canapé pour l'attendre en sirotant un verre d'eau gazeuse avec une tranche de citron et des glaçons, et en m'asseyant, j'ai aperçu mon reflet dans la glace, au-dessus de la cheminée. Mon visage était différent, c'est vrai, beaucoup plus rond. Et ce qui se passait dans ma tête aussi. Je pensais à mon parcours de biologiste, et j'avais l'impression que ma compréhension du vivant avait été incomplète jusqu'à cet instant. J'avais été la victime de la prétention de l'espèce humaine qui croit que sa conscience de quelques éléments de sa biologie lui donne le pouvoir d'agir sur un univers dont elle n'a pas les clés. Pis encore : elle refuse d'admettre l'existence d'un grand nombre d'éléments qui la meuvent.

Je me revis arriver en France, bardée de mes certitudes et de mes principes, et je me voyais en cet instant : rendue à l'évidence de ce qui m'arrivait, le bonheur au corps de me trouver dans une situation que j'avais combattue avec force et conviction. Tout portait à croire que je n'avais même pas su ce que je voulais. Ou alors sommes-nous faits pour vouloir ce qui nous arrive ? Le destin biologique d'une femme est très contraignant et toute ma vie j'avais refusé de me soumettre aux diktats de mon sexe. À présent, au lieu de considérer ce parcours comme un devoir, je projetais mon avenir de mère en termes de joie et de plénitude. Et si ces sensations n'étaient que le résultat du piège mis en place par notre parcours biologique, alors les subissant, je me demandais ce qu'on avait à gagner en les refusant.

Et puis, comme en rêve, j'ai vu le moment précis où mon corps avait cédé : pendant le déjeuner chez les beaux-parents, j'avais ressenti un profond sentiment de reconnaissance envers mon mari pour ses qualités de conciliation. Je l'avais aimé très fort ce soir-là, et notre complicité m'avait procuré une joie infinie.

Maintenant, je me demandais quelle démarche était la plus intelligente, celle qui consistait à refuser un destin biologique considéré comme contraignant, et qui m'empêcherait de réaliser un destin de grand chercheur, ou celle qui consistait à se complaire dans un système élaboré avec brutalité sur quelques millions d'années pour le bien commun ? Il ne fallait pas non plus négliger les récompenses : maintenant que j'étais en situation de mesurer le sentiment de bien-être induit par le devoir biologique accompli, je voyais comment sa puissance pouvait obnubiler tout intérêt pour un destin différent.

J'étais très très heureuse.

Je m'étais bien fait avoir.

Comme je l'avais toujours dit : compréhensibles, mais non contrôlables, les mécanismes de l'amour.

REMERCIEMENTS

Même si j'ai créé ces personnages et situations, c'est grâce à Françoise Chaffanel-Ferrand qu'ils ont vraiment commencé à exister, à partir du moment où elle y a adhéré. Sa participation enthousiaste a changé l'allure du livre pour moi. Merci Françoise.

Anna Perier, ma fille, avec son flegme terriblement britannique a été, comme toujours, d'un soutien constant. Merci Nan.

Mais pour David Vincent, j'ai fait ce petit poème :

Flatteries, fortunes, flagorneries
Sont souvent proférées comme stimuli.
Elles ne peuvent pas égaler
Comme choix de technique
Les paroles bien pesées
D'un critique cynique.

Ton avis sur mes débuts, très cher beau-fils, fut essentiel dans le processus et je t'en suis reconnaissante.

DU MÊME AUTEUR

Aux Éditions Odile Jacob

COMMENT DEVIENT-ON AMOUREUX, 2004

PETITS ARRANGEMENTS AVEC L'AMOUR, 2005

OÙ EST PASSÉ L'AMOUR, 2007

Composition IGS
Impression CPI Bussière en janvier 2009
à Saint-Amand-Montrond (Cher)
Éditions Albin Michel
22, rue Huyghens, 75014 Paris
www.albin-michel.fr

ISBN 978-2-226-18876-2
N° d'édition : 25986 – N° d'impression : 084032/4
Dépôt légal : février 2009
Imprimé en France.